JN250024
100年引きこもった転生魔女は異世界を自由気ままに旅したい
A reincarnated witch who withdrew for 100 years traveled freely in another world.
ラチム illust. 弥南せいら

エルン
アレイクスの妹。
家族思いの心優しい少女で、
兄たちの跡目争いを
悲しんでいる。
アレイクス
辺境領地を治める
ウィンダーゼル家の長男。
強力なスキルを持ち、
気位が高い。

ノルーア
リンネが旅先で
出会った女性冒険者。
勝ち気な性格で、
とにかく魔物に
厳しい。
リンネ
前世は「何の才能もない
評されたポンコツOLだっ
規格外の魔力とともに
異世界転生した。
魔法がとにかく
大好き。

メイアー
リンネの師匠。
威厳を示すため、あれこれ策を
弄するやや残念な性格だが、
天才魔導士で魔法に関して
右に出るものは
いない。
「お前には100層からなるダンジョン、
永遠の魔宮に潜ってもらう」
「永遠の魔宮…？」

100年引きこもった転生魔女は異世界を自由気ままに旅したい

ラチム

illust.
弥南せいら

目次

1章　転生

1話　憂鬱な日常

「板倉ァ！　お前、またミスってるぞ！」

上司が真っ赤な顔をして私、板倉那奈に怒声を浴びせる。私が作成した書類に不備があったからだ。

入社四年目で二十五歳、同期はボチボチと新しい仕事を任されたり出世も視野に入っている。結婚の話も聞くし、昼休みなんかはそういった話で盛り上がっていた。

私はというと目立たないように休憩所の隅でお弁当を食べている。

「お前なぁ、もう入社して四年になるのにいつまでこんな初歩的なミスをしてるんだ？」

「すみません……」

「もういいよ。お前に任せた俺がバカだった。この件は新田に任せる」

「えっ……」

新田というのは去年入ってきた新人の女の子だ。

人当たりがよくて礼儀正しく、男性社員からの人気も高い。あの子の周りには常に人がいる。それでいて仕事ができるんだから、期待の新人だ。

彼女と比べて私はもう二十台半ばを過ぎたパッとしない社員。浮いた話の一つもなければ、職場ではこうして怒られる毎日を送っていた。

「まったく……。やる気がないのか何なのか……」

上司が怒る気力すら無くしていた。私だって入社当初からこうだったわけじゃない。上司からも期待されていたし、出世してやると意気込んでいた。

だけどいざ仕事をするとミスが多く、要領も悪い。そうなると当然、残業でもしないと仕事が終わらない。

ちらほらと定時で帰る社員がいる中、私だけデスクにかじりついて資料作成に励んでいることが多かった。

「板倉。どうせ頼んでおいた会議資料もまだできてないんだろ？」

「きょ、今日中には……」

「いや、いいよ。これも新田に回すからさ。お前は無理しなくていい」

「は、い……」

もう上司は私に何の期待もしてなかった。ここ最近は私に仕事をほとんど与えてくれなくなった。

その仕事が全部、新人の新田さんに回されているから私は彼女と顔を合わせられない。

そんな彼女は今日もたくさんの同僚と上司に囲まれて昼食に行く準備をしている。

それから上司と同僚達が私のデスクにやって来た。

「板倉さん。これ、シュレッダーお願い」

「こっちのコピーもね」

「資料庫の資料整理をやってもらおうかな」

上司や同僚達が私に頼むのは雑用だ。私の返事なんて待たず、皆は昼食へと出かけていった。

楽しそうにワイワイと話す声が遠ざかる。その際に私の話題が聞こえてしまった。

「ちょっと板倉さんに押し付けすぎじゃないですか？」

「別にいいんだよ。どうせいつも残業してるんだからさ」

「あの人、よく会社にいられるよなぁ」

そんなものは私が一番わかっている。辞めずにしがみついているのは生活があるからだ。

そんな私は今日も簡単な資料作成にすら手間取っている。

頼まれていた仕事すら忘れる時もあるし、どうも私には並行して複数の作業を進めるということができないらしい。仕事が二つもある時点で頭がパンクしそうになった。

ようやく仕事を終えた時には二十一時。

これでも最近は、上司から責任の重い仕事を頼まれなくなったから早いほうだ。

混雑する電車に揺られながら、私は自分の人生について考える。

今頃、同僚達は飲み会でもやって騒いでいるのかな。私は誘われなかったけど、楽しくやっているんだと思う。

私はというと、これから家に帰って申し訳程度の夕食を済ませる。お風呂に入った後はどうしよう？

以前は休日にアニメなんかも観ていたし、仕事に関する勉強をしていた。でも最近は何をする気力も湧かない。

やりたいこと、やらなきゃいけないことがあるはずなのに、どうしてもボーッとしたまま一日を終える。そしてまた出社だ。

翌日、私はいつものように電車から降りて会社に向かう。駅から出て横断歩道を渡れば、すぐそこに会社がある。

このままさぼってしまおうかと何度思ったことか。

「はぁ……。別に私なんかいなくてもいいよね……」

信号待ちしながらそんなことをつぶやいてしまう。

思えば、プライベートでもそうだ。お父さんとお母さんも私より姉のほうに期待を寄せている。

私は希望する高校や大学へ行くことが叶わず、姉は一流大学を卒業している。入試で失敗して滑り止めの大学をなんとか卒業した私に対して、姉は第一志望の一流大学を好成績で卒業している。社会に出てからもそうだ。外資系企業でキャリアを積み上げた姉は最近、ＩＴ系の会社を経営する若い社長と結婚した。

結婚式に出た時は、私が不出来な妹だと両親に説教されたっけ。

おめでたい席なんだからと、親戚のおじさんが止めてくれなかったらもっと続いていたと思う。

私だってそこそこの企業に入社したのに。だからこそ、就職できた時は仕事をがんばって出世して見返してやろうと思ったのに。

ダメな奴は何をやってもダメという、どこかで見た言葉を思い出す。あまりにダメすぎて、最近はこんなことすら考えるようになった。

すべてはこんなにも生きづらい世界が悪いんじゃないか？

ひょっとしたら私は生まれる世界を間違えたんじゃないか？

私が生きるにふさわしい世界がどこかにあるんじゃないか？

なんて荒唐無稽なことばかり考えるうちに、自分がどんどん嫌な人間になっている気がした。

違う。悪いのは世界じゃない。私だ。私の努力と能力が足りないからこうなっている。

現に姉は順風満帆な人生を送ってるじゃない。姉は子どもの頃から勉強やスポーツができた。

それでいて努力家で、好きな人に見合う自分になるために自分磨きも怠らない。うまくいかなくて泣いてた時もあったけど、姉はめげずに最後まで努力を続けていた。

対して私はどうかな？　やったつもりになってない？　本当に努力したと言える？　そんな自問自答を何度も繰り返す。

私は──。

「あ、危ないっ！」

「え……」

誰かが叫んだ瞬間、私の体は宙へと跳ね上がる。全身に激痛が走り、意識が消えた。

2話　無礼な女神様

目を開けると、そこは白一色。光なのか室内の色なのか、それすらわからない。

私はこの空間を漂っている。前後左右の感覚もわからない状態の中、意識だけが段々とハッキリしてきた。

手足を動かそうとしたけど、これも感覚がおかしい。自分の手がどこなのか、足はあるのか。まるで自分の体がなくなったかのようだ。

「おはようございます」

そんな私に聞こえたのは女の人の声だ。優しい声色で、聞いているだけで安堵してしまう。

だけどその声の主が見当たらない。

「初めまして。私はあなたがいた世界とは別の世界を管理している女神ヘレンティアです」

「は……？」

「突然で申し訳ないのですが、あなたは交通事故で死にました。あなたを跳ね飛ばした暴走車の運転手は意識を失っていたようです。今のあなたは魂だけの状態ですね」

「え？　私、死んだって？　ウソでしょ？」

声の主から残酷な事実を告げられてしまった。

普通なら信じないところだけど、夢にしてはあまりにも意識がハッキリしている。

そしてなぜか、今の私は非現実的なことをすんなりと受け入れていた。

私が横断歩道で信号待ちをしていたところに、暴走車が突っ込んできたのか。

他にも犠牲者はいなかったのかな？

なんて、自分が死んでるのにそんな心配してる場合じゃないか。

「お気を悪くなさらないでください。遅かれ早かれ、あなたは死ぬ運命だったのです」

「そ、そうなんですか？」

「はい。あなたにはあの世界で生きる適性がなく、順応できなかったのです。それなのに成人を過ぎても生きられたのはむしろ称賛すべきことですよ」

「褒められてる気がしない……」

「褒めてますって！　生きていただけで偉いっ！」

まったく嬉しくないなぁ。これって私が死ぬ前に考えていた内容とまったく同じじゃない？

私は生まれる世界を間違えたってやつ。

それが事実なら結局、私にはどうすることもできなかったのか。

努力が足りない。悪いのは私。確かに生きていた頃はそうだと思い込もうとしていたし、周囲もそう思っていたはず。

お前がうまくいかないのは自己責任、努力が足りないからだって風潮だった。

「それで、私は死んだと……。じゃあ、このまま天国か地獄行きですか？」

「死んだ魂は生前の行いや境遇に応じて、来世が決定します。つまり、ひどい人生を送った人は来世で楽な人生を送れるようになります」

「へぇぇ……。じゃあ、楽な人生を送った人は来世で苦しむ人生になるんですか？」

「いえ、生まれた時に幸か不幸かの環境が違うだけで、必ずしも一生苦しむとか一生安泰というわけではありません。でも転生を重ねれば素敵な人生を送れるのですよ。あなたの場合は来世で活躍間違いなしです」

今、明かされる死後の世界の真実。神のみぞ知る世界の理がそこにあった。

つまり、不幸な人生を送った人は次で幸せになれる可能性が高いと。

「でも私は不幸だった……かなぁ？」

「あなたの場合は、そもそも転生先に手違いがあったんです。あなたの前世は異世界の住人でした。そこで死んで次は貴族に生まれ変わる予定だったのですが、なぜか灰色な世界に転生しちゃったんですね」

「灰色って、私が車に跳ね飛ばされた世界ですね。手違いで一生が決まるってひどい話ですね」

「ですから今度こそ、あなたを適切な世界へと転生させたいんです。そう、いわゆる剣と魔法のファンタジーな世界ですね」

一応、納得した。私の前世は異世界の住人で、その次が会社員。

そして次は剣と魔法の異世界。納得した。うん。

「あなたは灰色の世界に生まれながら、魔法の才能がありました。それはそちらの世界では活かされない才能です。ですから今度は活かされる世界に転生するのですよ」

「魔法……魔法かぁ。私にそんなものが使えるのですか？」

「はい。魔力が認識されないような世界でしたから、信じられないのも無理はありません。それに、あなたは誰よりも強大な魔力を持っているので、ぜひ異世界で生きてほしいのです」

「……なぜ？」

「今、異世界では魔力が不足しています。だからあなたが転生することによって、魔力を満たしていただきたいのです。あなたが存在するだけでいいんですよ」

つまり、魔力が有り余る私が異世界を歩くことで、異世界に魔力が浸透する。

そうすることによって自然のバランスなんかがよくなって、いいことだらけだそうだ。納得した。うん。

「でも転生って言いましても、どこに生まれるんですか？　変な家だったら嫌なんですけど……」

「普通は誰かの家で生まれた状態から人生を送っていただくのですが、今回は特別にあなたが望む姿で転生させてあげます」

「特別待遇ですね」

「だって、今すぐにでもあなたをその世界に送りたくてしょうがないんですよ」

だってじゃなくて。それだけ私に魔力があふれているってことか。

「あなたには魔法の才能があります。何度も言いますが、前世では活かされないものでした」

「それで、その魔法をその世界でどう活かせばいいんですか？　どう使えば？」

「それはあなたが望むままで構いません」

「じゃあ、私が悪さすれば？」

「それもまた自然の摂理。女神である私がすべてを許します」

神様なんて人間が思ってるような存在じゃないってことか。世界がどうなろうが細かいことは知ったことじゃない、と。

どんな形であれ、世界が維持できればいいわけだ。

「私は今の姿で異世界に行けばいいの？」

「あなたが望む年齢と性別で転生させてあげます。あ、でもあまり高齢だとすぐ死んじゃいますし、低すぎても同じですね。魔物とか普通にいますからね」

「じゃあ、転生して秒で殺されても恨まないでくださいね」

「そうはなりませんよ。理由は転生すればわかります……。さぁ、希望する年齢と性別を教えてください」

「転生すればわかるってどういうことですか？」

「それは転生してからのお楽しみです」

お楽しみにとか言われても、逆に不安になる。とはいえ、どうせこれ以上は教えてくれなさそうだし、今は転生する年齢を考えよう。人生をやり直すという意味ではできるだけ若いほうがいい。

だけど幼稚園児や小学生くらいの年齢はどうかな？

異世界の情勢や社会制度はわからないけど、子どもが自由にあれこれできるとは限らない。それに体力的な問題もある。

だからここは——。

「性別は女。年齢は十六歳でお願いします」

「妥当なところですね。では容姿はどうします？」

「容姿……」

「かわいい感じとか遠慮なく言いましょうよ。言っちゃいましょうよ」

「じゃ、じゃあかわいい感じでお願いします」

「ぷーくすくす」

やだ、腹立つ。だけど今の私は自分の体すらない魂の状態だ。女神の態度はひどいけど、転生させてくれるって言うんだから甘えちゃおう。

「では年齢は十六歳、性別は女。かわいい系の魔女っ娘で転生させますね」

「そこまで言ってません。いい加減にしてください」

私の突っ込みも空しく、視界が光で満たされる。ふわふわした感覚がなくなり、次第に手足の感覚を感じられるようになってきた。

そして――。

3話　おかしな魔女

意識がハッキリして視界がクリアになると、そこは森の中だった。鬱蒼と生い茂る木々で辺りは暗い。葉の隙間から見える空を見た感じ、今はお昼ごろかな。そして聞いたことがない何かの鳴き声。

前世でも森の中に熊が出たけど、こっちは魔物とかいう怪物が出る。ていうか、うん、寒い。だって私、服を着てないんだもん。

「あの女神様、やってくれたよね」

気温はそこまで低くないけど、この状態で歩けば食べてくださいと言ってるようなものだ。え、これってやばくない？　なんでよりによって森の中？

いや、裸なら人がいないほうが好都合だけどさ。そもそもなんで裸？　服くらい着せて？

顔や体をペタペタと触ってみると、確かに肌の張りがいい気がする。鏡がないから顔は確認できないけど、目線が前世より少し低い気がする。たぶん十六歳に転生したはずだ。

ただし、今は何歳だろうと死にかねない状況だけど。

仕方ないので、少しずつ歩き始めることにした。裸足だから足の裏が痛い。小石を踏むたびに痛い。

あ、ところで私って魔法が使えるんだっけ？　どんな魔法が使えるんだろう？

そもそもどうやって出すの？　魔法といえばファンタジーでお馴染みのファイアボールかな？　アニメやゲームで知った知識ならある。とりあえず精神を集中させて、魔法の名前を叫んでみよう。私は手の平を突き出した。

「ファイアーボール！」

シーン。しかし何も起こらなかった。周りに誰もいなくて本当によかったね。よく考えたら、技とか魔法の名前を叫ぶのって割と恥ずかしいかもしれない。

そんなことより、今の私に何が必要か？　衣食住だ。まず何かを着ないといけないけど、こんな森じゃそんなもの見つからない。

食にしても、木の実を発見したところで怖くて口にできるはずもない。だって毒があったらどうするのという話だ。

住については論外。素っ裸で異世界の森でサバイバル生活できる人なんていない。

あの女神様、これで私が秒で死なないとでも？　どういう意図でこの場所スタートなのか。

そもそもここはどこ？　足が痛くなってきたし、そろそろ歩くのも限界だ。これから、どこに向かえばいいんだろう。

と、その時だった。ガサリと林から音がしたかと思うと、案の定。

「ガルルルァァ……！」

「あ、や、やばば……」

サーベルタイガーみたいなのが出てきた。でもこれはきっと魔物だ。

牙が口からはみ出しすぎて、それ、生きる上で邪魔じゃないですかと聞きたくなるくらいだし、前足の爪は地面に食い込んで土を鷲掴（わしづか）みにするほど発達していた。こんなのどうしろと。

終わった。

「わ、私は敵じゃない……」

と、アピールしたところで彼（彼女かも）には私なんて餌でしかない。

頭の中が真っ白になったところで、サーベルタイガーが飛びかかってきた。

「うわぁぁーーーーッ！」

その途端、私の周囲が爆発した。

音と爆風が私にも伝わってきて耳が痛い。

ゆっくりと目を開けると、周囲の木々がなぎ倒されて地面がえぐれていた。

何かの爆心地みたいな状態だ。しかもサーベルタイガーの全身が吹っ飛んだみたいで、バラバラの死体になっていた。

確実に死んでると思うけど、腰が抜けて近づけない。

「なに、これ……」

手や腕が熱い。まるで私からこの爆発が放たれたかのようだ。

これってもしかして魔法？

土壇場のピンチで私が使ったのかな？　うん、そうだと信じよう。

大切なのは今の感覚だ。私は確かに魔法を使った。

魔法を自由に使えるようになれば、また魔物が襲ってきても対抗できるはずだ。

この熱い感覚を忘れないように、集中して目を閉じる。

「……なんかわかった気がする」

手の平を突き出して集中すると、また熱い感覚が芽生えた。いいぞ。この熱をもっと熱くするようにイメージして放つ！

すると、手の平から火の玉が飛び出してまた木々を貫くようにして飛んでいった。

いや、ここまで自然破壊するつもりはなかったんだけど。

それはそれとして、なんだか楽しくなってきた。何せ思った通りのことができたんだからね。

こんな感覚、前世じゃ考えられなかった。

今、私は魔法を使えている。あの女神様はウソをついてなかった。

裸で森の中に放り出したことは許せないけど、これなら希望はある。と、奮起したところで、ふと私の傍らに誰かが立っていた。

「うわっ！」

「ほうほう。ソードビーストをあそこまで痛めつけるとはのう」

音もなくそこにいたのは、黄色のラインが強調された黒いフードを深く被る女の子だった。

背丈は私より低くて、紫色に染まった一筋の前髪とオレンジ色の瞳以外はほとんど容姿を確認できない。

たぶん女の子だよね？　素っ裸だし、女の子でよかった。

「魔境と呼ばれているここの魔物を一撃で葬り去る裸の女子（おなご）か。実に興味深いが、見るからに怪しいぞ」

「それは重々承知しているのですが、あなたはどちら様ですか？」

「礼儀正しくて結構。私はメイアー。この森に住む偉大な魔道士じゃ」

「魔道士……」

魔道士と名乗ったメイアーという女の子は小学校低学年みたいな見た目に似合わず、尊大な雰囲気を漂わせている。口調も相まって、よりアンバランスだ。

でもなんでだろう。不思議と魔道士という名乗りに違和感がない。

いや、当然か。こんな魔物だらけの森に現れる子が普通なわけない。メイアーは私の周りをグルグルと回って、そしてお尻を叩いてきた。

「いったぁ！」

「うむ、実にいい。なぜこんなところに素っ裸でいるのかは、趣味だと思っておこう」

「いえ、完全に事故です」

「まずは服を着てもらおう。そなたの趣味に付き合う気はないのでな」

「事故って言いましたけど？」

私の主張を無視したメイアーが肩から提げているポーチから服をとり出した。明らかにポーチより大きいものが出てきたよ。

それはメイアーが着ているローブとは違った魔道士仕様の服だ。ご丁寧に下着まである。

「これを着るか拒むかは自由だ。ただし着たその瞬間から、そなたは私の弟子になるがな」

「選択の余地ないじゃないですか。わかりました」

「よい心がけだ。うむうむ」

メイアーから貰った服をその場で着ると、案外悪くない着心地だった。だけど一つだけ足りないものがある。

「あの、ブラとかないんですか？」

「ん？　必要なかろう」

「そんなわけないじゃないですか」

「鏡を見ろ」

メイアーがポーチから等身大の鏡をとり出した。ここで初めて私の全身が映し出される。

髪は黒のロングヘア、前世とは似ても似つかないかわいい顔立ち。いや、自分で言うなって感じだけど本当にかわいい。

だってまだこれが自分の姿だとあまり認識できないし、慣れてないんだもの。唯一、問題があるとしたら胸の大きさかな。これについてはノーコメントとしたい。

服装は完全に魔道士、いや。どちらかというと魔女かな？　三角帽子がそれっぽいし、なんだかミステリアス。

「な？」

「確かにこれは必要ないですね。ちょっと悔しい」

「なに、大きさなど問題ではない」

メイアーに言われると説得力がある。えっへんと言わんばかりに小さい体で胸を張っていた。

まぁ前世の私も大したスタイルじゃなかったから気にすることないか。

「では、これから私の家へ案内しよう」

「ホントにこんな森に住んでるんですか？」

「静かでいいぞ。他の人間達はこんなところに滅多に近寄らんからの」

「はぁ、なるほど……」

こんな危険地帯に住んでるような幼女だ。危険なんてものはないのかもしれない。それより私は一気に衣食住を手に入れられた。しかも魔道士の弟子という特典付き。

転生前に女神が言っていた私の魔法の才能はいかに？

4話　魔女の下で修行開始

ひたすら歩いて三十分くらい経った頃、森の奥深くにぽつんと佇む家があった。

三角屋根で煙突がついていて、外観はお菓子の家に近いかもしれない。

なんともメルヘンチックで、良くも悪くも変わり者の住まいという印象だ。

家の中には暖炉があり、テーブルの上に飲みかけのティーカップが無造作に置かれている。

更に壁一面を覆いつくす大きな本棚が私を見下ろすように置かれていた。

気になることはたくさんあるけど、今は黙っておこう。

「私の弟子になるに当たって重要なことがある。まず第一、私を尊敬するのじゃ」

「はい。もちろんです」

「足らん足らーん！　偉大なるメイアー様の弟子になれることを光栄に思いますと声を張るのじゃ！」

「偉大なるメイアー様の弟子になれることを光栄に思います！」

「よーし！　よしよしよし！　気持ちいいからもう一回！」

「えぇ⁉」

やだ、性格がめんどくさい。そう、私は弟子だからメイアー様と呼ばなきゃいけない。

それは教わる立場だからいいんだけど、このメイアー様、承認欲求が半端ない。

メイアー様はすごい魔道士なんですかと質問しただけで怒涛の勢いで自画自賛し始めた。

世界最強の魔道士で偉大で魔法に関して右に出るものはいなくて、あらゆる難病や災厄も問題じゃないみたい。

しかも美人らしい。かわいいじゃなくて。だけど生まれだとか、深い部分は教えてくれなかった。

「今日からお前はこの家で寝泊まりすることになる。もちろん家事全般をやってもらうぞ」

「もちろんです。本当、ありがとうございます」

「うむ！　その感謝が心地よい！」

　わかりやすっ！　そして扱いやすい。

　ふかふかのベッドで眠れるし、今日から魔法の修行が始まる。厳しいだろうけどもう前世みたいな思いをするのはたくさんだ。

　今度こそ。今度こそ、やり遂げてやる！

「ふむ。ではまずこの本棚に収納されている本を読んでもらおうか」

「え、なんかすごい数なんですけど？」

「ざっと千冊以上はあるかのう。本に書かれていることを暗記すれば魔法の基礎は身につく。それに暗記というのは魔術式を構築するためのトレーニングでもあるのじゃ」

「トレーニング……なるほど」

「脳みそのトレーニング、略して脳トレじゃな」

「なんか聞いたことある」

　メイアー様がニヤニヤしながら私の反応を楽しんでいる。

　一冊だけ手にとってみると、厚さがすごい。ちょっと怖気（おじけ）づいたけど、ここで尻込みなんかしてられない。

　開いてみると文字は読めるみたいだ。日本語じゃないけど理解はできる。でも肝心の内容が、あれ？

「フフフ……。どうじゃ？　まぁ最初は苦戦すると思うが、地道な努力こそが成功への近道なのじゃ」

「ふんふん、なるほど……」

「魔道士の道は一日にして……おい、聞いておるのか？」

「あ、はい。えっとですね。今、三分の一ほど覚えました」

「……は？」

なぜかわからないけど、驚くほど頭に入ってくる。

例えばこの本には炎属性魔法の基礎と魔術式というのが書かれていた。

メイアー様の言う通り、これを一冊読めば炎属性の一部を理解できる。

試しに片手に火の玉を出してみた。

「ど、どうでしょうか？」

「ほ、ほぉ……まぁまぁじゃな」

「ありがとうございます。この調子で」

「だがっ！　そんなものは基礎中の基礎！　大変なのはこれからじゃ！」

メイアー様の言う通りだ。少しできたくらいで浮かれてちゃいけない。

本棚の本をまとめて数冊ほどとり出して、椅子に座って読み始めた。やっぱりするすると頭

パラパラと
に入ってくる。

難解に見えた魔術式やその理屈も頭の中でほどけて浸透するかのようだった。パラパラとページをめくる私をメイアー様が覗き込む。

「そ、その本はお前には少し早いかもしれんの」

「魔術式の分解と応用、面白いですね。炎属性の魔術式を分解、昇華させれば理論上どんな物質でも消滅させることができる……なるほど」

「ぬぬぬ……」

「そうか。よく考えたら水属性でも同じことが？」

「なぬっ！　それはならんぞ！」

「ちょっとメイアー様。さっきからうるさいです」

それから私は本を読み漁った。

メイアー様がちらちらとこちらを見ては貧乏ゆすりをしている。

日が落ちて夜になってても私はページをめくる手を止めなかった。

＊＊＊

「た、たった数日で読み終えおった……」

メイアー様の家に来てから数日後の夜、私は最後の一冊を本棚に戻す。なんだか体中に力が漲る感覚がある。

今ならこれがハッキリと魔力だとわかる。前世でも備わっていたらしいけど、その時の私にはこれを感じる術がなかった。

魔力を知覚すれば、大体の魔法が使える気がする。

「メイアー様。すべて暗記しました」

「……そうか。ではテストしよう」

「え？　もしかして問題を解けばいいんですか？」

「バカもの。そんなものではない。本当にお前がすべて暗記しているのであれば、できることをやってもらうのじゃ」

メイアー様に連れられて外へ出る。

暗い森の中でメイアー様が指先からライター程度の火を出した。そしてもう一本の指からはピリリと音がする雷。

残りの指からは水、地、風の魔法がそれぞれ出ている。どれも小さいけど魔法だ。

「同じことをやってみろ」

「はい」

「え？　いや、そう簡単にできるものではないぞ。これができるようになるには最低でも数年……」

　私は五本の指からすべての属性を放つ。

　更に入れ替えマジックのように火から水へ、風から地へと変化させた。更にもう片方の手でも同じことをやってみれば、これがなかなか花火みたいで綺麗だ。

「師匠、どうでしょうか？」

「……まぁな」

「まぁなじゃなくて、どうでしょうか？」

「うむ」

「うむじゃなくてですね」

　あれ、もしかしてこの程度じゃできたとは言えない？　そっかぁ。じゃあ、もう少しだけ応用させてみようか。

　火と風をかけ合わせて小さい火炎竜巻を作り出してみた。もう一つ、水と雷で帯電状態の水を浮かせてバチバチいわせてみる。

「これでどうです？」

「よ、よいじゃろう。お前にしては上出来じゃ」

「やったっ！」

「しかぁし！　本題はここからじゃ！　この暗い森の中に入って一時間、散策しろ。そして、ここに戻って来るのじゃ！」

「うへぇ⁉　それは厳しいんじゃ！」

「怖気づいたか？　あの本をすべて読めばこなせて当然じゃが？」

メイアー様が意地悪く笑う。

確かに少しビックリしたけど、師匠の修行なら逃げるわけにはいかない。意を決して暗い森へ踏み込む。

するとメイアー様が片手を掴んできた。

「あ、いや。その、アレだ。怖くなったなら無理せんでもいいのだぞ？」

「何を言ってるんですか。師匠が課した修行でしょう？」

「そうじゃが、やめるなら今のうちじゃ。な？」

「行きますよ。師匠、見ていてください」

師匠を振り切って、私は森の中へと入った。

生い茂った木々に遮られて、森の中には月の光さえ入らない。闇一色、真っ暗で何も見えなかった。そのくせ得体の知れない鳴き声だけは聞こえてくる。

最初は怖くて仕方なかったけど、今は不思議と落ち着いていた。

まず暗闇を照らすために光の玉を浮かせて視界を確保。森の中を歩き始めると思ったより足どりが軽く、気づけばどんどん奥へと進んでいた。

夜の森って怖いと思っていたけど空気はおいしいし、散歩していて楽しい。

楽しくなってきて鼻歌を歌いながら歩いていると、ガサリと音がする。

「ガルルルァァァ……！」

「えっと、ソードビーストだっけ」

光を恐れずにじりよって来るのは、裸の私を襲ったあの魔物だ。

あの時は無我夢中で魔法を発動させたけど、今はあんなものじゃない。

あの爆発を一点に集約させてから、魔導書で覚えた魔法名を叫んでソードビーストに放った。

「フレアッ！」

「グギャァオォッ！」

フレアは熱と爆風を小規模に圧縮させた炎属性の魔法だ。

ソードビーストは前足や尻尾、一部の部分を残して消滅した。うん。きちんと身についてる。

メイアー様が読めと言った本には魔法の基礎と応用がギッシリと書かれていた。

暗記すればほぼ自動的に魔法の扱い方が理解できる。

魔力は広い意味ではエネルギーに分類されるけど、その用途は無限大だ。

「なんだかホントに楽しくなってきたっ！」

引き続き鼻歌を歌いながら、私は森を徘徊（はいかい）した。

時には足を滑らせて転びながら、襲ってくる魔物を魔法で倒す。特に一番大きい熊みたいな魔物は特大フレアで爆散させた。

　熊の魔物を討伐した後、私はふと考える。

「この熊って食べられるのかな？」

「おい」

「熊の右手って確か蜜が塗ってあるからおいしいんだっけ」

「おい！」

「あ、師匠。来てくれたんですか？」

「お前、どこまで行っておる！　もう三時間も帰ってこんから心配したぞ！」

　さんじかん？

　そんなに経っていたんだ。時計がないからわからなかった。

「それにこれはサタンベアではないか。お前、こいつを仕留めたのか？」

「はい！　先手必勝で仕留めました！」

「かつての一級魔道士ですら手を焼く化け物なのだが……」

「え？　よく聴こえません」

「な、何でもない！　帰るぞ！」

　メイアー様が私の手をとって歩き出した。そうか。さすがに三時間も帰ってこなかったら怒られるよね。

ちゃんと言いつけは守らないと。そういうとこだぞ、私。

5話　永遠の魔宮への挑戦

私は偉大なる魔道士メイアー。

あらゆる魔法を極めた天才魔道士にして老若男女問わず、一目で惚れて結婚を申し込むこと間違いなしの美人じゃ。

昔はそれなりにやんちゃしていたものだが、今は影の実力者としてこの魔牢（まろう）の森にて隠居しておる。

魔牢の森とはその名の通り、ありとあらゆる魔が閉じ込められている自然の牢獄のようなものじゃ。

いや、正確には未だ人の手がつけられていない未踏破地帯といったところかの。かつて幾度も人間の調査団が踏み込んでは全滅を繰り返しておる。かろうじて生きて帰った者はいるが、どれもまともな状態ではない。

精神に異常をきたした者や頭髪が真っ白になって口をきけなくなった者。そのような者達が続出したことで、いつしかここは魔牢の森と呼ばれるようになった。

最後に人が侵入したのはいつだったかの？　まぁそんなことはどうでもいい。

そんなところであえて隠居する、隠れた強者である美人魔道士の私に最近、弟子ができたのだ。

裸で森をうろつく危ない性癖の持ち主じゃが、私は凡人ではないので差別はせん。いや、まぁもちろんあやつが転生者なのは見抜いておるがな。そんな女子を寛大で心優しい私は弟子にしてやった。

あやつに魔法の才があるのは、この審美眼ですぐに見抜いてやったわ。ここは私の懐の広さを発揮するところでな。

さっそく魔法の修行をつけてやったのだが、なんと数日で私の著書である偉大なる美人魔道士魔法大全集を読破しおった。

さすが私が認める弟子といったところだが、少々面白くない。先日などサタンベアを瞬殺というのだから、本当につまらん。

このままでは私の威厳が。いや、あやつが増長してしまう。だからここはとびっきりに厳しい修行を課して、心をへし折ってやろうと思っておる。

なに、問題ない。魔道士の道は一日にしてならず。何度も挫折を味わいながら成長するのが当然なのじゃ。

決して私が気持ちよくなりたいわけではない。挫折を味わった時、あやつは私という偉大なる魔道士に泣きつくだろう。

そう、例えばこうだ。

「師匠……。私、やっぱりダメなんでしょうか？」

「お前はまだまだ青い。しかし、お前には見るべきものがある」

「それは？」

「それは私の背中じゃ。弟子は黙ってついてこい。そして……お前が攻略できなかった壁など、私ならこうする！　ドカーン！」

「さすが師匠！　一生ついていきます！」

どうじゃ？

挫折を味わえば、あやつは必ず私を尊敬する。誰が上で誰か下か、それを理解した時にあやつの道が開かれるのじゃ。

ふふふ、もうすぐあやつが起きてくる。寝起きの一発目で特大の修行を告げてやるのじゃ。

＊＊＊

「今日からお前には永遠（とわ）の魔宮（まきゅう）に潜ってもらう」

「はい？」

水魔法で顔を洗ってから食事の用意をしている最中、メイアー様がまた変なことを言い出した。

名前からしてすごそうなところだ。

私が作ったオムレツをほおばっているからか、メイアー様が続きを話さない。一度、落ち着いてから喋(しゃべ)ってほしい。

「うむ、永遠の魔宮とはな」

「口元に食べカス付いてますよ」

「話の腰を折るでない！　永遠の魔宮とは昔、私が作ったダンジョンじゃ。全百階層からなるこの魔宮で魔道士達が右往左往する様を見るのが楽しかったのう」

「性格悪……いえ、さすがお厳しい」

「うむ。お前にはこの永遠の魔宮を制覇してもらう」

百層のダンジョンか。さすがメイアー様、容赦がない。あの邪悪な笑みからして、一筋縄ではいかないどころじゃないんだろうな。

最悪、死ぬ危険性も？　いやいや、さすがにそれは。それはない。たぶん。

「どうじゃ？　今度こそ怖気づいたか？」

「やります」

「お、怖気づかんのか？　本当に怖くないのか？」

「はい！　お願いします！」

なんかメイアー様が残念そうな顔をした気がする。

そうか。目の前の危機に対して何も感じない、つまり危機察知能力が低い私を残念に思ってるのかな。考えてみれば確かにちょっと浅はかだったかもしれない。

前世ではハキハキと返事をしなさいと教えられたから、つい癖で即答してしまった。

「ではついてこい」

「は、はい……」

「なぜ急にしおらしくなる？　やはり怖気づいたか？」

「そうですね、はい」

「そうかそうか」

よし、メイアー様がニンマリと笑った。やっぱり危機感というのは大切だ。

師匠は私に言葉じゃなくて、態度で教えてくれた。

そして家の裏手に案内されると、簡素な作りの祠（ほこら）があった。その中には何やら複雑そうな魔法陣が描かれている。

永遠の魔宮はメイアー様が作った自作ダンジョンで、中には魔牢の森とは比較にならないほど凶悪な魔物がいるらしい。

それで多くの魔道士がこの永遠の魔宮に挑んだ。理由は、腕試しや魔道士としての名誉のためとか、そんな感じのものらしい。

　ということはメイアー様、やっぱりすごい魔道士なんだなとわかる。

「この魔法陣に乗れば永遠の魔宮の第一層に転移する。ちなみにこの中では時の流れがない。つまりいくら籠っていようが歳をとらん」

「シンプルにすごいダンジョンですね」

「敬うか？」

「はい。つまり修行にうってつけというわけですね」

「うむうむ、実にうむ」

　メイアー様が満足そうに頷(うなず)く。自分で修行にうってつけとは言ったけど当然、死んだら終わりだ。

　まだまだ未熟な私だし、途端に緊張してきた。

「ちなみにここで死んでも入口に戻されるだけだから安心せい」

「まさかの親切仕様！」

「私が作ったダンジョンで死なれては寝覚めが悪いからの。それに何度もトライしては失敗を繰り返してもらわんと、私がつまらん」

「性悪……いえ、エンジョイされてますね」

　危ない、危ない。機嫌が悪くなられるとこっちが困る。それからメイアー様が永遠の魔宮の説明をしてくれた。

大体理解できたし、そろそろ魔法陣に乗ろう。これワープする感じのやつかな？

「ほれ、遠慮なく乗れ」

「……はいっ！」

魔法陣に乗ると視界が一瞬で切り替わった。

＊＊＊

第一印象は白い迷宮だった。

白いブロックがいくつも重なって構成されていて、この足場も大きな四角いブロックだ。

広大な亜空間に、白くて平べったい島がいくつも浮いている。私が立っている場所もその一つだ。それぞれの島には白くて四角いブロックが積まれていて、その壁に入口らしき穴が空いていた。

「すっごいっ！」

白いブロック以外の空間は黒一色だ。これ落ちたらどうなるんだろう？　さすがに試す気にはなれないから進もう。

適当な入口を見つけて入ると、そこにいたのは、なんと背丈が低くて人間の子どもほどしかない人と同じ体型の魔物の集団だった。

そこで突然、メイアー様の声が聞こえてくる。

「そやつらはエビルゴブリン。ゴブリンは弱い魔物の筆頭だが、エビルゴブリンは一匹あたりの強さがソードビーストを上回るぞ」

「こわっ！」

「しかも集団じゃ。いきなり終わりかもな」

メイアー様が不吉なことを言ったと同時にエビルゴブリンの群れが襲いかかってきた。確かに速い。速いけどこういう相手には魔力による身体強化だ。

魔力でこれをやることによって力や反射神経が飛躍的に向上する。その上で更に私が編み出した魔法、それは。

「バーストカウンターーッ！」

「ギエェェェ！」

「ギュワッ！」

「ギーッ！」

敵が一定の距離まで私に近づいてきた時、自動的に爆破する魔法だ。しかも近づこうとすればするほど連発で爆破する。

あまり賢くない魔物らしく、エビルゴブリン達は次々に爆死して全滅した。

「ふー……。まずは小手調べってところかぁ」

「ま、まぁ、そのくらいはやると思っていたぞ。うむ」

メイアー様もこう言ってくれることだし、サクサクと進もう。さて、どこが正解の入口なのかな？

メイアー様の説明によれば、次の階層に行ける道は一つしかない。残りは行き止まりか、最悪の場合はトラップだ。つまり安易に進むのは危ない。

「ウインドサーチ」

風の魔法を私の周囲一帯に巡らせて、その風の流れで大体の構造を把握した。

ほとんどの入口は偽物で、本物の入口には下り階段がある。深く下に降りていく構造だと予想した。ウインドサーチがあれば、正解の道を選ぶのに迷うことはないと思う。

近くにある四角いブロックの入口に入り、階段を降りる。すると、降りた先の壁に第二層と書かれていた。

ダンジョンの風景は変わらず、似たような白いブロックが積み重なっている。

とぼとぼと歩いてみると、ブロックの影から黒い騎士みたいなものが襲ってきた。黒一色で、まるで影がそのまま動いているみたいだ。

「そいつはグレイブナイト。あらゆる魔法に対する耐性があり、魔道士泣かせの魔物じゃ。過去、英雄と呼ばれた者の動きを再現しておる恐ろしい魔物なん……」

「シャイニングスフィアッ！」

グレイブナイトを光の玉に閉じ込めるようにして消滅させた。影なら影が存在できないように光で満たせばいい。

光で満たされた玉の中ではグレイブナイトの存在が維持できず、消えていった。

「どうですか！　師匠！」

「ま、まだ、これからじゃぞぉ！」

「え？　なんでちょっと泣きそうなんですか？」

「泣いてないわいっ！」

私の成長を喜んでくれているのかな？　だとしたらよりやる気になる。がんばるぞ！

6話　永遠の魔宮制覇！

私は偉大なる魔道士メイアー。我が弟子が永遠の魔宮に入ってから十年が経った。

この永遠の魔宮、実は挑んだ魔道士のほとんどが十層にも到達できん。

それはそうじゃ。何せ一層のエビルゴブリンからして未踏破地帯の魔物以上に強い。

五層となると、魔牢の森のサタンベアすらも捕食する巨大蛇がおる。十層のヨツンガルドは竜鱗（りゅうりん）で覆われており、大きさとなれば山を囲んでとぐろを巻くほどだ。しかも、かつて一国を脅かした魔神すらも食らうポテンシャルがある。

我が弟子には言っておらんが、あの永遠の魔宮にいる魔物、あれらはかつて実在した。

それらを私がコピーしたのだが、強さは本物と何一つ遜色ない。それなのにあの弟子は――。

「よぉし！　ついに七十一層到達！　途中から鬼のように魔物が強くなったけど、私も強くなった！」

あやつが倒した七十層の魔機神ブラスヘムは、かつて世界を支配していた古代人が作り出した最強のゴーレムじゃ。

当然のように魔法無効な上に、一撃で地表を削りとる熱線を放つ。それをたった一ヵ月で攻略しおった。

十層まで二年、十層から三十層まで三年、三十層から六十五層まで四年。残り五層を一年。層が深くなるほど難易度が上がるというのに、これだ。何が途中から強くなったじゃ！　最初から強いわい！

それからあやつは一年足らずで九十層に到達してしまう。もう私のプライドはズタズタじゃ。泣きそう。

＊＊＊

「強いなぁ」

九十九層のボスは私の魔法を吸収しまくる。

それでいてカウンターのごとく跳ね返してくるから、少し手を焼いていた。このダンジョンに潜って十一年。こんなにかかるとは思わなかった。

ここに挑戦した他の魔道士達は、もっと短いタイムで攻略しているのかな？　いや、考えるのはやめよう。私は私だ。

「その魔喰獣ガアンは魔法だけでなく、あらゆるエネルギーをものにするのじゃ」

「うーん……」

師匠が時折、私を鼓舞してくれる。

ガアンが放つ炎や雷はすべて吸収した私の魔法だ。私は魔力をものにしているつもりだけど、ガアンは魔力以外も操れる。

これだけ見ると私の上位互換だ。だけどこのガアン、しょせんは獣。そろそろ効果が表れるはず。ガアンが動きを停止して、痙攣し始めた。

「む、ガアンの様子がおかしいぞ？」

「はい。魔法で攻撃を浴びせると同時に、魔力を毒素に変換して免疫不全を引き起こしました」

「へ？　めんえき、ふぜん？」

「ご存じないですか？」

「いや、知っておるぞ！　舐めるでないぞ、このバカ弟子め！　このクソめ！」

「そこまで言わなくても」

前世でも毒素を継続的にとり込むことによって体の免疫機能が破壊される現象があった。公害問題で学んだのを思い出した。

いくらガアンがあらゆるエネルギーをものにするといっても、その前に体の組織を破壊されたら終わりだ。

そうなれば急速に弱体化して、追加で私が放った魔力の毒素でも簡単に倒れる。そして私の目論見通り、ガアンは痙攣して倒れて動かなくなる。

「よし、よしよし！　九十九層制覇！」

いよいよ百層、永遠の魔宮の最下層だ。意気揚々と降りていくと、そこにいたのは玉座に座る何か。

体格は二メートル以上、二本の角を生やした黒いマントの悪魔のような男がゆっくりと立ち上がった。

「そやつは魔界でも最強と言われた魔界の王ザルダンデス。正直、これは私が戦っても」

「アトミックフレアッ！」

先手必勝、炎属性の極致とも言うべき完全破壊魔法。

その名の通り、ちょっと危ない理論の魔法だけどしっかり百層の魔界の王に効いたみたいだ。

体がボロボロになり、立っているのもやっとに見える。

「これで倒れないかぁ……！　あ……」

と思ったら、崩れるようにして魔界の王の体が崩壊した。百層のボスにしては少し弱いかな？　これならガアンのほうが手強かったように見える。

まぁこういうのってRPGでもよくあることだから、気にする必要ないかも？

「師匠。これで百層制覇、ですか？」

「……い」

「はい？」

「あ、甘い！　甘い甘い甘いあまぁぁい！　おぬし、まさかこれで一人前などと、お、思ってにゃいじゃろおな！」

「おお、お、思ってにゃいです！」

やっぱり師匠は厳しい。

この十一年間、永遠の魔宮を攻略してわかったことがある。このダンジョンは一人前の魔道士になるために必要な知識と技術を学べる場だ。

エビルゴブリンの集団戦、魔法耐性があるグレイブナイト、魔法吸収のガアン。

その他にも、突然目の前に現れる魔物とか厄介な魔物がたくさんいた。

極めつけはダンジョン内にある無数のトラップ。引っかかると魔力がすべて吸われるトラップはさすがにメイアー様の性根の腐り具合、いや。厳しい試練だと感じとることができた。

「そこはな、実は百層が最下層ではない！　二百層まであるのじゃ！」

「えぇぇーーー!?」

「なぁにを驚いておる！　これで修行が終わりだと思ったら大間違いなのじゃ！」

「まったくもってその通りです！」

こうしてメイアー様による修行はまだまだ続く。二百層となると何年かかるんだろう？

＊＊＊

「やっと倒したァーーー！」

永遠の魔宮に挑んで、どれだけの時間が経ったかわからない。二百層のボス、冥竜神ネクロードはなかなか手強かったよ。

万物を死に至らしめるネクロードのブレスは人だろうが物だろうが死滅させる。これは魔法も例外じゃない。

鱗にも同じ効果があって、あの竜の存在自体が生存を否定する概念みたいなものだった。

ガアンと違って魔法がそもそも届かないから、私が編み出したのは一帯の気圧を変化させる魔法だ。

空気はあの竜に触れられているから、それを利用するしかない。結果、気圧の変動に耐え切れなくなった竜は内側から破壊された。

これは時間操作してくる百八十層のボスにも有効だった。だっていくら攻撃しても時間を戻して無効化してくるからね。

そんなのばっかり相手にしていたものだからダンジョンが半壊したけど、私のせいじゃないはず。

「師匠ォォーーーーー！　見てましたかぁーーーーー！」

あれ？　返事がない。

「師匠!?」

「……ろ」

「え？」

「とっとと旅に出ろ！　それが次の課題じゃ！　もうどこにでも行けぇ！」

どこか泣き声っぽい。いやいや、師匠に限ってそんなことはないか。

ひとまずこれでクリアってことで久しぶりに外に出よう。目の前にある脱出の魔法陣を踏んで、外に脱出した。

祠から出て自分の体を確認すると、永遠の魔宮に挑む前と変わらない。

メイアー様が言っていた通り、本当に時間の流れが止まっていたんだ。

「外の空気がおいしい――――！　あ！　師匠！」

「こうして会うのは実に百年ぶりだの」

「ひゃくねんぶり？」

「そなたが永遠の魔宮に入ってから百年が経過しておる」

ウッソでしょ？　いくら外部における時の流れの干渉を受けないといっても、そんなに籠ってた？

それに師匠だってまだちんちくりん。いや、美人のままだ。

「し、師匠はお変わりないようで……」

「私は魔力の影響でほぼ不老じゃ。今のおぬしも似たようなものだな」

「質がいい魔力は老化をほぼ止めるんですよね。師匠がいつまでもかわ……いえ、美人な理由が最近になってわかりましたよ」

「その通り。少しは成長したようじゃな」

「えへへ！」

「ここでの修行はあらかた終わった。さきほど伝えた通り、次は外の世界を見て回るのじゃ」

そっかぁ。確かにそろそろ色々なところを見て回りたいと思っていたところだ。

前世でも旅行に行きたかったのを思い出す。いつしかそんな気力すらなくなったけど。

「よいか？　いくら力をつけても外の世界を知らぬ限りは一人前の魔道士とは言えん。その力をどう振るい、何をするかはおぬし次第じゃ」

「はい。師匠、今までお世話になりました」

「うむ。それと外の世界ではこの私、メイアーの弟子を名乗るのは禁ずる」

「な、なぜです?」

「この私のような美人魔道士は知名度があるのでな。そなたが師匠の威光を利用して人生を歩むのは私の意図するところではない」

確かにそれはそうだ。師匠の名前を出して周囲が私に頭を下げたところで、何の意味もない。さすが師匠、未熟な自分にそこまで考えてくれるなんて。

「旅の準備を……と言いたいところだが、永遠の魔宮の中で百年も生き延びた奴じゃ。そんなものいらんだろう?」

「そうですね。でもしばらく離れますし、師匠の家で一泊させてください」

「よかろう」

こうして私は師匠の家で一泊してから出発することにした。

この日、師匠は一切私に家事なんかをやらせなかった。最後くらいという思いがあるのかな?　やっぱり師匠は器が大きい。

＊＊＊

私は偉大なる美人魔道士メイアー。今日、ようやく弟子が旅立ってくれた。

いや、正直に言えば私は怖くて仕方なかったのじゃ。あの二百層には私が知る限りの災厄を詰め込んだのだが。

私でさえ手を焼く化け物どもを、あやつはあっさりと倒しおった。あやつはもう私の手に負える存在ではない。

ここら辺で追い出し、ではなくて、自立してもらおうと考えた。これ以上いられると私の自我がもたんからの。

まったく、とんでもない奴を弟子にしてしまったようじゃ。しかしこれでようやく肩の荷が下りたというもの。

これでひとまず私の師匠としての立場は守られた。

「……ん？　そういえば、一つだけあやつに教えてなかったことがあったか」

外の世界ではもうずいぶん前から魔法など廃れておる。

魔道士と呼べる存在など、ほとんどおらんのじゃが、まぁいいだろう。もう私、知らん。

2章　旅立ち

1話　旅の出会い

師匠の家を出てから、どのくらい経ったのかな？　魔牢の森を抜けてからひたすら歩き続けて、私はつくづく感動した。

前世でここまで歩き続けて、一向に人里が見つからないなんてあっただろうか？　歩けど歩けど大自然、そよ風が吹き抜けるこの草原の向こうには何があるんだろう？　今、私はとてつもない解放感で満たされている。

森もよかったけど、大空と果てしなく広がる絶景が目の保養になっていた。前世では家と会社を往復する毎日だっただけに、死んでよかったとさえ思う。

ここは魔牢の森と違って、魔物の数も多くない。せいぜい私を狙おうと草木の間から様子をうかがっている狼（おおかみ）みたいな魔物だけだ。

私がわざと隙を見せると一気に飛びかかってくる。

「バーストカウンターがあるからやめたほうが」

「ギャウッ！」

「遅かったか」

エビルゴブリンと違ってこっちは跡形も残らなかった。バーストカウンターは永遠の魔宮一層にいた頃から、不意打ちに対応できるように受動的に発動するようにしてある。もちろん任意でオンとオフを切り替えられる。

名前は知らないけど、この程度の魔物なら魔牢の森や永遠の魔宮に比べたらかわいいものだ。ここは驚くほど静かで平和な場所だった。自然特有の鮮やかな香りが鼻腔をつく。思いっきり背伸びをしてから歩みを再開した。

魔力による身体強化のおかげでいくら歩いても疲れない。通勤の時はあんなに足が重かったのに、今は前に進みたくてしょうがなかった。

途中、喉が渇けば水魔法で炭酸水を作り出して喉を潤した。お腹が空いたら、マジックポーチの出番だ。

このマジックポーチ、メイアー様が使っていたものと同じでなんと私の自作である。

魔道士たるもの、自前で生活を整えられないようであれば三流。魔力とは無限大の可能性なり。その教えを信じて、私はこれを創造した。

空間魔法を駆使してあらゆる物を収納できる優れもので、旅になくてはならない調理用のコンロの役割を果たす魔道具もとり出せる。

更に、バフォロという牛形の魔物の肉とカレー粉なんかも用意した。苦労したけど私が知ってる調味料程度なら魔法で自作できる。

その気になれば完成した料理を魔法で作れるけど、私はあえてアウトドアを楽しんだ。

そう、私が今から作るのはカレーだ。作れば三日はもつ独身生活の友。

魔法で自作した米もできたし、これに作ったカレーをかけて――。

「んーーーー！　おいちいっ！」

広い草原の中、私はカレーライスを味わった。手持ちの荷物なんかほとんどなし！　魔法があればここまで揃(そろ)えられる！

魔力とはここまで万能だったのかと思うけど、メイアー様は永遠の魔宮を作っていた。さすがにあそこまでのダンジョンを作るとなると難しい。

というのも、さすがに知らないものは作れないから。あれはメイアー様の知識あってのものだ。

逆にメイアー様はこのカレーライスを知らなかった。一度、これを振る舞ったらぷるぷると震えていたっけ。

少し涙を流しながら食べていたし、口に合わなかったのかもしれない。

「食べ終わったらなんだか眠くなってきたなぁ」

少し昼寝をしよう。

ここで私はコテージを魔法で作り出した。お風呂やトイレ、キッチンが完備されている。

あの永遠の魔宮でも使っていたものだから、耐魔物対策も万全だ。

たとえ百五十層のボス、邪紅竜のブレスを受けようともビクともしない。

ふかふかのベッドに潜り込んで少しの間、仮眠をとった。

＊＊＊

ふと目が覚めた。このコテージは防音対策も万全だから騒音で起きたわけじゃない。

だけど、外で何かが起こっているのを感じる。ひとまず外へ出てみると、コテージの外に倒れている女の子がいた。

赤髪のショートヘアに胸当て、片手から落としているのは剣だ。頬に傷があり、見た目からして剣士かな？

そしてそこには恐竜のような魔物がグルルと唸り声を上げて立っている。イメージ的にはティラノサウルスに近くて、割と大きい。

ひとまず私は女の子に声をかけた。

「あの、もしもし？」

「に、逃げろ……」

女の子が剣を拾って構えながら、私を逃がそうとしてくれている。あのままじゃティラノサウルスに女の子が食べられちゃう。

この見晴らしがいい草原にあんなものがいたなんてね。しょうがない。やるか。

「なるほど。世界は広い」

「逃げろって言ってんだろ！　あれはこの草原のネームドだぞ！」

「ネームド？　よくわからないけど、たぶん強い魔物だよね。よし、やるか」

「やるって……お前が⁉」

一応、身なり的には魔道士だとわかってくれると思ってたんだけどな。そんなに弱そうに見える？　まぁいいか。

話していると、ティラノサウルスみたいな魔物が猛スピードで突進してきた。

「一直線に向かって来るからやりやすいっ！　アトミックフレアビィィーーームッ！」

私の片手から放たれた特大の熱線がティラノサウルスをのみ込む。

よし、と思ったのもつかの間。地表がえぐいくらい削りとられた挙句、それは地平の彼方まで高速で向かっていく。

余波の爆風で草原の一部が更に吹っ飛んで、残ったのは大きく直線状にえぐりとられて景観が損なわれた草原だった。

そしてあと少しずれていたら女の子を完全に巻き込んでいたと思う。

「……あ、あれぇ？　こんなに威力あったかな？」

「あ、あ、あぁ……」

女の子がすっかり怯えていた。いや、ホントごめん。

永遠の魔宮の時はこのくらいの威力じゃないとビクともしない魔物ばっかりだったからさ。

そう、ここはあんな魔境じゃない。

「あの、ひとまず立てます？」

「あ、あぁ……」

「立てなさそう？」

「大丈夫、だ……」

剣を杖代わりにしながら、女の子が立ち上がった。これ、腰を抜かしていたな。

この世界にきて初めてメイアー様以外の人間と会ったというのに、とんだ出会いだ。どうしようか。

「すみません。なんかやりすぎちゃって……」

「い、いや、感謝、してる……お前は一体……今のスキルは……」

「すきる？」

「いえ、すまない……。悪い奴じゃないのはなんとなくわかる……」

よかった。これで嫌われたらせっかくの人との接触で得られる情報が消えてしまうところだった。

　でも気になることを言っていたな。スキル？　どう見ても魔法でしょ？

「悪い人じゃないついでに、ちょっと色々と教えてほしいのです」

「私でよければいいが……」

「私は魔道士の」

　あれ？　魔道士のなんだっけ？　えっと、私の名前は？　前世では板倉那奈だったけどさ。

　考えてみればメイアー様に一度も名前で呼ばれたことがなかった。ウッソでしょ！　百年も一緒にいて何してんの！

　別に那奈でもいいんじゃ？　いや、前世にはいい思い出がないからやっぱり却下だ。

「まどーし……？」

「魔道士のリンネです」

「リンネだな。私は冒険者のノルーア、聞きたいことってなんだ？」

「実は……」

　名前の由来は輪廻転生からいただいた。転生して新たな人生を歩むということで、咄嗟に思いついたにしてはまぁいいんじゃないかな？

　それにしても師匠、名前くらい聞いてくれたらよかったのに。それとも、これも外の世界における修行の一環かな？

2話　スキル？

ノルーアに案内されて、草原の先にあるアカラムの町というところを目指していた。

ノルーアは現在十六歳。両親が十一歳の時に魔物に殺されて以来、冒険者で生計を立てているらしい。普通はふさぎ込むところだけど、彼女はめげなかったみたいだ。

魔物憎しとばかりに剣士ギルドの門を叩いたというのだから、頭が上がらない。

両親が殺されたと知った時の第一声が「野郎！　ぶっ殺してやる！」だそうだ。男勝りな気質は感じとれたけど、想像以上だった。

正式名称は草原の暴喰者（ぼうじきしゃ）という、あのティラノサウルスみたいな魔物に一歩も引かなかったわけだ。

「ノルーアは立派だねぇ。そんな境遇なのに冒険者だなんてさ」

「町の皆の助けがあってこそさ」

「いやいや、ホント立派だよ」

両親がいない彼女は、町の宿屋の手伝いをしながら、ずっと部屋に泊まっているらしい。

町から町へと移ろい、その日暮らしで生計を立てる流浪の人間。それが冒険者だ。

冒険者ギルドに登録したノルーアはそこで仕事を紹介してもらって依頼をこなして、報酬を受けとっている。そんなノルーアの体つきを見ていると確かに無駄な部分がない引き締まったスタイルだ。

　前世の世界だったらモデルに抜擢されたり、何らかの格闘技でもやっていそうだ。

　そんなノルーアと一緒に歩いていると、やがて目指していたアカラムの町が視界に入ってきた。

「リンネのあのスキルはなんて名前だ？　あの草原の暴喰者を一撃で消し飛ばすなんて普通じゃないぞ……」

「あれは魔法だよ。私は魔道士だからね」

「魔道士に憧れているわけじゃないのか？」

「いや、魔道士だよ」

「そ、そうなのか……」

　少し引かれている気がするんだけど？　しかも、さっきから会話が噛み合わないんだよね。

　頑なに私の魔法をスキルと呼ぶし、魔道士だと信じてもらえない。魔道士なんて別に珍しくないはずなんだけど。

　いや、でも。なんかさっきからどうも違和感がある。ノルーアが私をからかおうとしているようにも見えない。

　ここは信じてもらうことより、私から質問してみよう。

「ノルーアは冒険者と言っていたけど、その……スキルを使うの？」

「私の職業は剣士、使用スキルは剣技だ」

「剣士かぁ。スキルは魔法とは違うの？」

「魔法なんて大昔に廃れたから比較はできないかな」

え、待って。今、なんて言った？　呆然とする私をノルーアが不思議そうに見ている。

「リンネのそれだってスキルだろ？　冒険者の間でも、自分のスキルを魔法だなんて冗談を言って盛り上がったりするからさ」

「そ、その魔法が、廃れたって？　魔道士は？」

「魔道士なんてもうほとんどいないんじゃないか？　昔は魔法がよく使われていたみたいだが、必要な知識が多すぎてそのうち使われなくなったらしい」

「そ、そーなんだ」

私の魔道士名乗りも冗談だと思われていたのか。いやいや、でも実際に魔法を見せた上でまだ信じられないって相当だよ？

つまりこの世界ではよほどスキルが浸透して信頼されていることになる。それはノルーアの反応からも明らかだ。

「スキルはほら、生まれつき備わっているものに加えて今は各職業のギルドに行けばその職業に就けるだろ？　例えば剣士なら剣技スキルを身につけられる。その剣技スキルの一つ、【エアスラッシュ】も下級魔法程度の威力があるって聞いて笑ったなぁ」

「つまり苦労して魔法を習得しなくてもいい時代ってことに？」

「そうだな。それに魔法って魔力を使うらしいだろ？　その時点で使用者が限られる。ていうかリンネ、さっきからなんでそんなに驚いているんだ？」

「いや、私はほら……魔道士だからさ」

ノルーアが黙ってしまった。やっぱり私の魔道士発言は冒険者ジョークってことになってる？

ここは適当にスキルってことにしたほうがいいのかもしれない。だけど私は百年間、魔法を学んだ。

あのメイアー様に拾われて、素質を見込まれたんだ。前世じゃ何をやってもダメだった私がやっと身に着けたものなんだ。

私はノルーアを見据えた。ノルーアは生唾をのんで、そして真剣な表情になる。

「……なんだかウソをついてるようにも見えないな。確かにあんなスキル見たことない」

「スキルってこんなのある？」

私は五本の指にそれぞれの属性を灯して見せた。ノルーアが目を見開いて、そして後ずさる。

「え？　えっ？　それ、どうやってるんだ？」

「これ、魔法。魔力と知識があれば、こんな風にできる。入れ替えとかね」

「わっ！　炎が小指に！」

「これスキルで可能？」

「……聞いたことない」

ノルーアの表情が強張った。彼女からしたら得体の知れない力に見えるかもしれない。

だけど観念したようにノルーアはふぅっと息を吐いた。

「そうだよな。ネームドを一撃で消滅させるスキルなんて聞いたことない」

「スキルにあそこまでの威力があるものはないの？」

「魔法が栄えていた時代と比べて、威力に乏しくなったという話はあるな」

「どうして魔法が廃れてスキルに？　魔法の時代の時にもスキルはあったよね？」

「さぁ……。少なくとも私が生まれた時にはそうなっていたらしい」

つまり百年の間、時代は変化していたわけか。

メイアー様はなんで教えてくれなかったんだろう？　いや、メイアー様も知らなかった可能性があるから師匠を疑うのはやめよう。自分の師匠を疑うとか最低だからね。それか、あえて言わずに私に見聞きして知識として吸収してほしかったのかも。

あの人の修行はすべてそんな感じだからね。

「そうかぁ……」

「でもリンネが本物の魔道士なら私、得したかもな」

「どうして？」

「だって普通は見ることができない魔道士の戦いを見ることができたんだぜ？」

「ポジティブだねぇ」

さすがは戦闘民族みたいな気質の子だ。こんな話をしているうちにアカラムの町に着いた。

二メートルほどの壁に囲まれた町で、馬車が往来できるほど道が大きくて整備されている。

民家や店舗がまばらに立ち並んでいて、自然豊かな町だ。人口は見た感じ、数百人規模かな？

ノルーアが門番に話を通している。

「よう、ノルーア。今日はぼちぼちか？」

「不漁だな。ハンターウルフの牙とバフォロの肉、今日はこんなものだ」

「十分じゃないか。今日はゆっくり休めよ。そっちのお友達の子もな」

ノルーアのおかげで私も通してくれた。さてと、これからどうするかな。

3話　宿のお仕事

私の素性は、長年山奥で魔道士の修行をしていたせいで俗世に疎いという設定にした。

疑われるかなと思ったけど、何せこのご時世に魔道士なんてやる人間だ。変わり者ならそういうこともやるよね、みたいなノリで付き合ってくれて助かる。

おかげでここがセイクランという王国だということ、そしてこのアカラムの町は王都からだいぶ離れている場所だということがわかった。

町自体は別段、特色もなければ名物もない平凡な町。でもノルーアは嬉しそうに笑っていた。

平凡というのは裏を返せば、平和が保たれて住みやすい町ということ。実はこれが一番大切で難しいことなんじゃないかなと思う。

ノルーアは自分を育ててくれた町に恩返ししたいと日夜、走り回っているとか。

「これから案内する宿屋を経営している夫婦には、昔から世話になっていてね。お父さんとお母さんが死んだ時も、ずいぶんと生活を支えてくれた」

「それでたまに宿の仕事を手伝ってるの？」

「そうそう、冒険者として稼いだお金も入れてる。第二の親みたいな人だから、大切にしたいんだ」

「立派だぁ……」

どこの世界に行ってもやっていけそうな人です。

歩きながら眺める町並みは、写真でしか見たことがない異国の町といった感じだ。

百年にわたって魔物に襲われておきながら、ここで改めて私は異世界に来たのだなと実感する。

なんて思いながら歩くと、ノルーアがお世話になっているという宿に到着した。

「おじさん、おばさん！　ただいま！」

「ノルーアちゃん、今日の仕事は終わりかい？」

「うん、不漁だった。でも冒険者ギルドで換金した分のお金は渡すよ」

「気にしなくていいんだって。それは君の将来のためのお金だと思って、とっておいてよ」

和やかなやりとりが行われていた。少し肉付きがいい宿の夫婦とノルーアの親しい関係が見てとれる。

「ところでそちらの子は？」

「あ、こっちはリンネ。世界を旅して回ってるんだってさ」

「へぇ、それは感心だね」

「それで寝泊まりするところがなくて、ここに泊めてあげてほしいんだ。もちろん宿代は私が出すからさ」

「君の紹介なら安心だよ。いいよ、部屋に案内しよう」

あっさりと受け入れられたところからして、ノルーアに対する信頼の高さがうかがえる。

魔法のコテージを使えば寝泊まりには困らないけど、せっかくだから泊まってみたい。この後、ノルーアは冒険者ギルドに向かっていった。

「ここが君の部屋だ。狭いけど不便はないはずだよ」

部屋に案内された私に宿の主人は色々と説明してくれた。

外出は自由であること、夕食や朝食も出すこと。何かあったらいつでも呼んでいいとも言われた。

そこで、私がどうしても気になることを質問してみた。

「あの、宿代っておいくらなんですか？」

「うちは一泊二千ゴールドでやらせてもらってるよ。自慢じゃないけど、この代金で食事つきはなかなかないと思うね」

「二千ゴールド……」

私の場合、自作のコテージを使えば宿に泊まる必要がない。何なら食事だって同じだ。だけどね、それだけじゃ本当に味気ない。

せっかく異世界に来たんだから、色々なことを体験したかった。そのために必要になるもの、それはお金だ。

町の商業施設のサービスを受けるなら、絶対に必要になる。例えばどこかの店でおいしそうな料理があれば、お金を出さないと食べられない。

もちろんお金も作り出せるのだけど、さすがにそれは良心が痛む。私は一応、この世界においても道徳や法に従って生きるつもりだ。

だから、たとえ魔法であろうとも不正や犯罪には手を染めたくない。

「じゃあ、ゆっくりしていってね」

「あ、ちょっといいですか？」

「ん？」

「ノルーアには悪いんですけど、自分の宿代くらい自分で稼ぎたいです。その……この宿のお仕事を手伝います」

「そ、そりゃ実はありがたいんだけどさ。せっかくノルーアちゃんが出してくれるんだから」

「お願いします」

ノルーアには悪いけど、そんなに余裕があるようには見えない。

それにここである程度、人間社会での生活力や自立心を身につけておきたかった。

「わかった。ただやることは多いよ」

「はい。よろしくお願いします」

「じゃあ、ついてきて」

こうして宿の主人の下で、お手伝いをすることになった。

やることがかなり多いというだけあって、まずは洗濯、部屋の掃除とベッドメイキング。廊下の掃除、風呂の掃除。お客さんの出迎えとその他の対応、食器洗い、調理補助。なるほど。これは大変だ。

「君、家事スキルはあるかい？　あるなら助かるんだが……」

「家事スキル？」

「【料理】【洗濯】。最低でもこの辺りがあると捗るのだけど、どうだい？」

「ないですが、大丈夫です」

そうか。スキルというのは戦いだけじゃなく、生活にも根付いているのか。

この宿の主人は家事スキルが全般、生まれつき備わっていたのかな？　スキルね。なんだか負けたくないな。

「まずは溜まった洗濯物を洗濯してもらいたい。で、できるかな？」

「臭いすごっ！」

溜まっているだけあって、山のようになったシーツなんかの洗濯物が凄まじい臭気を放っていた。

意外なのは洗濯機らしきものがあるということ。魔道具の一つなんだろうけど、かなり年季が入っている。

それに前世にあった洗濯機と違って全自動というわけでもなく、洗った後の脱水はない。しかも水も自分で入れなきゃいけない。

「使い方だけど、まずは水を入れてから」

「あ、大丈夫です。すぐ終わりますから」

「へ？」

「フレッシュウォーター」

空中に水球を作り出してから、風の魔法で洗濯物を浮かせてぶち込んだ。

水球の中を洗濯物が高速でかき回されて、洗濯物の染みや汚れが落ちていく。

汚れや臭いの元となる成分を完全に分解するのがフレッシュウォーターだ。

メイアー様はこれを生活魔法と名付けている。メイアー様の家には魔道具の類がほとんどない。

今使っているマジックポーチも魔道具のコンロも、私が作ったものだ。

永遠の魔宮内では少しでも魔力を節約したかったから、魔道具を作り出して調理に重宝していた。生活魔法に使う魔力すら惜しかった時代が私にもありました。

「なんだなんだなんだぁ⁉」

「では脱水と乾燥です」

水球が消えると共に洗濯物に含んでいる水分もなくなる。

最初はいちいち風魔法で乾かしていたけど、水を極限まで操れるようになるとそこを短縮できた。あとは風魔法で綺麗に畳んで洗濯終わり。

「た、たった数秒で……ウソ、だろ？　き、君。そのスキルは？」

「次は部屋の掃除ですか？」

「そ、そうだね。や、や、やってもらいたい」

「お風呂掃除はその後ですね」

質問に魔法ですと答えた後のやりとりが少し面倒だから、スルーした。

部屋に入って、床に落ちている埃を風魔法で集めて火魔法で滅する。

汚れには水魔法で部屋全体にフレッシュウォーターをぶちまけてから、水分をなくしてやると完了だ。

ついでに大浴場も同じ要領で綺麗ピカピカ。というか個別に洗濯物を集めて洗濯しなくても、これでいいかも？

この調子で次々と掃除を済ませていく私の後ろを宿の主人がついて来る。

「あ、あわわわ……。大変なことだ……えらいこっちゃな子がきちゃったぁ」

「これで風呂と全部屋の掃除が終わりですよね。次は食器洗いですか？」

「ぜひ！」

いい返事だった。厨房に行くとごっちゃりと溜まった食器を一生懸命、奥さんが洗っている。

一言、断りを入れた後でフレッシュウォーター。ものの数秒ですべての食器が綺麗になった。

「な、なんだってんだい⁉」

「奥さん、すみません。出過ぎた真似でしたかね……」

「い、いや、そういうわけじゃないんだけどね。ちょっと頭が追いつかなくてね」

「次は夕食の準備ですか？」

「お願い……できちゃう？」

「できちゃいますね」

宿のおばさんの適応力、そして味を占めた感がすごい。

揉み手をしながら、そんなに顔色をうかがわなくても。

とはいえ、料理自体はあくまで補助だから大したことはできない。食材を切ったり皮を剥くとかその程度だ。

風魔法で食材を切り揃えてから、調理している主人の元へ運ぶ。

「楽だ！　楽すぎる！　まさか夕食の下準備が数分とかからないとは！」

「あんな家事スキルなんて見たことないよ！」

そうか、スキルだと思われていたか。仮にスキルでここまで完了できるなら、それはもう魔法と変わらない。

そうなると、魔法はスキルの下位互換という認識になるのもしょうがないか。

「君！　ここでずっと働く気はないか!?」

「あ、いえ。それはちょっと……。でも宿代の代わりというなら、お手伝いさせていただきたいです」

「宿代なんてケチくさいことは言わない！　跡継ぎだって考えてるぞ！」

「あの、お腹が空いたのでそろそろ夕食にしませんか？」

私にせがむ宿の夫婦、そしてそこへノルーアが帰ってきた。この異様な光景に呆気にとられないわけがない。

この日、私は怒涛の質問攻めにあった。魔法という概念を理解してもらった時、二人の認識が大幅に変わる。

「やっぱり世の中、魔法だよ」

「あたしも魔法が使えたらねぇ」

これはこれでちょろいというか。私は私でまだスキルの全容を知らない。一体、この世界にはどんなスキルがあるんだろう？

4話　冒険者ギルドへの挑戦

翌朝、起きるとノルーアはすでにいなかった。宿の主人に聞くと、冒険者ギルドに向かったらしい。

冒険者ギルド、実を言うと少し興味がある。ファンタジー小説なんかでたまに聞く単語だし、心が躍らないわけがなかった。

話を聞くと、冒険者ギルドは個人や町、国からの依頼をとりまとめている。例えば魔物討伐や地域の調査といったものだ。それらの仕事を冒険者に斡旋（あっせん）することで生計を立てているらしい。

討伐にしろ防衛にしろ、国の手が足りない時に動いてくれるから重宝されている。

更に、冒険者ギルドは国からの支援も受けていて、今や冒険者は欠かせない存在になっているとか。

朝食を済ませてから宿の夫婦にお礼を言うと、私もさっそく冒険者ギルドに向かった。建物の中に入ると多くの冒険者で賑わっている。

「俺の剣技スキルがありゃあんな討伐、楽勝だろ。大体は【エアスラッシュ】でどうにかなる」

「採取スキルも欠かせんな。あの一帯には質がいい薬草が生えている」

「おっと、あそこには植物の魔物もいるだろ？　俺の斧スキルならまとめてなぎ倒せる」

冒険者達が各々のスキルの有用性を競い合うように仕事の相談をしていた。誰も魔法について話している人はいない。

本当にスキル一色なんだなと、なんだかため息が出そうになる。気をとり直して、受付のカウンターに向かった。

「はい、本日はどういったご用件でしょうか？」

「冒険者への登録を希望します」

「はい。それでは受験料としてまずは千ゴールドいただきます」

「受験料……わかりました」

一瞬焦ったけど、実は宿で少し報酬としてお金をもらっていたから助かった。

お金を渡すと、受付の女性がニッコリと微笑む。

「お待たせしました。ではさっそく一次試験に進んでいただきます」

「一次試験は何をするんですか？」

「筆記試験です」

「筆記……」

なんだか嫌な予感がする。それはそうだ。どこの世界に勉強せずに試験に挑む人間がいるか。

さすがに軽率だったかな。

「筆記試験は近年、導入されたんですよ。以前は登録料さえ払えば誰でも登録できたのですが、それが問題だったんです」

「なぜですか？」

受付の女性によれば、昔はお金を払えば誰でも登録できたせいで依頼人とトラブルを起こす人が多かったとのこと。だからせめて最低限の教養がある人ならそんなことにならないのでは、ということで筆記試験が導入されたらしい。

「大丈夫ですよ！　子どもでも誰でも知ってるような常識問題ばかりですから！　今の王様の名前とか！」

「イマノオウサマ？」

「あとスキルに関する問題も出ますね」

「スキルニカンスルモンダイ？」

嫌な予感的中。急に変な汗が出てきた。あれ？　これやばいんじゃ？

そんな私に構わず、受付の人が私を奥に案内する。いくつかある個室の一つに通されて座らされた。

「では担当の者が問題用紙を持って来るのでお待ちください」

やばい。やばば。メイアー様の下で学んだのは魔法のことだけだ。どうする、私。現実逃避してペン回しとかしてる場合じゃない。

そしていかつい男性が問題用紙を持ってやって来る。

「おうおう、ずいぶんとかわいらしい志願者だな。俺が試験担当のゲールだ。ほれ、試験時間は一〇分な」

「みじかっ！」

「お前、運がいいぞ。普通は試験にしても、何日か待たされるんだがな。エーミルがお前のことを聞きに来た時に、ちょうど手が空いてたんだよ。あ、エーミルってのは受付の女性な？」

「はひ……」

問題用紙を見ると、まぁこれがね。

問一．セイクラン王国の現国王の名前を答えよ。知らない。ア、アレクサンドリア王かな。

問二.　セイクラン王国の騎士団を三つ答えよ。知らないって。ランスリッター、ヴァイスリッター、ゲルプリッターかな。

問三.　剣士のスキル、剣技でもっとも簡単に覚えられるスキルを答えよ。エアスラッシュ？　どうしよう。せめて選択式にしてほしかった。

「おい、どうした？　手が止まってるぞ？」

「い、いえ……」

問四.　アーチャーのスキル、弓技で必中とされているスキルを書け。これホントに誰でも知ってるの？

問五.　誰かが魔物に襲われている。しかし距離が遠い。手持ちの武器は剣。この場合における有用なスキルと手段を答えよ。まずアトミックフレアビームでぶっ飛ばします。というか、さっきからこの剣技推しは何なの。うん。これはダメだ。諦めよう。ん？

問六.　火属性と定義されている魔法をすべて書け。

何この問題？　しかもこの後も魔法に関する問題が出題されている。

なんで？　こんなの簡単すぎる。

「お、おい……。何をそんなに書き込んでるんだ？」

「魔法と魔術式ですよ」

「マジか……」

「これ、解答欄が足りないですよ」

「うぇ⁉︎」

足りなくなった分は問題用紙の裏に書き続けた。

魔法は下位、中位、上位なんて分けられているけどあれは正確じゃない。下位とされている魔法でも使い方次第では上位と定義されている魔法以上の効果が出る。

頭が固い昔の魔道士達が定義したものがいつまでもありがたがられているだけなんて、メイアー様は言っていた。

それにカスタマイズすれば、種類なんていくらでも増える。型にはまった魔法しか使えない魔道士が多いせいで認知されない魔法が多いとも言っていた。

つまりこんなの書ききれない。

「も、もういい！　一〇分、経ったぞ！」

「あ……」

ゲールさんに問題用紙を渡して部屋を出た。

うん。普通に不合格でしょ。なにがアレクサンドリア王だ。騎士団の名前もゲームで見たものを書いただけ。

再び冒険者ギルドのロビーに戻って、ちょこんと座って結果を待つ。そんな私を冒険者達がチラチラと見てくる。やっぱり目立つよね。

「あの女の子は依頼人か？」

「変な格好してるなぁ」

「さっき試験がどうとか聞こえたから、冒険者志望じゃね？」

「ウッソだろ？」

真実です。と、心の中で答えたところでゲールさんがやって来た。

「合格だ」

「え？　あれで？」

「ふざけた回答をしやがるから落としてやろうと思ったけどな。今から二次試験をやってやる」

「ど、どうもです」

なんだかよくわからないけど合格したらしい。そんな私を見てゲールさんがフッと笑った。

「まぁあんな試験、元々は読み書きもできねぇようなボンクラを落とすためにやってるからな。が、ほとんど機能してなくて形骸化してるんだわ」

「じゃあ、あの魔法に関する問題は？」

「あれはお遊びみたいなものだ。俺の前任が適当に追加した問題だったかな」

「なるほど！　そういう試験なのはなんとなくわかってました！　ノリが大切ですよね！」

「ほーう？　アレクサンドリア王ってのはどこのどいつだ？」

「すみません」

調子に乗りました。それにしても本当によくわからないけど、ひとまず第一関門突破だ。

「落ちても明日には再受験できるような筆記試験だけどな。それなのに、よくもまぁあそこまでひでぇ答えを書けたもんだ」

えっ？　ホントに？　私のドキドキを返して？

5話　リンネのテスト

二次試験にあたって、ゲールさんが案内してくれた場所は冒険者達が使う訓練場だった。

模擬戦やトレーニングをしている冒険者がちらほらいる。その中での模擬戦に私は注目した。

「エアスラッシュッ！」

「てやぁッ！」

剣士らしき冒険者が剣を振ると同時に風の斬撃が飛び出した。

片方がそれを回避して、反撃として繰り出したのは――。

「【バーストスマッシュッ】！」

「くっ！」

剣を縦に振り下ろして小規模の爆破が起こった。かろうじて回避した冒険者がまた剣を構えて立て直す。

訓練場が無事なのがすごい。そんな冒険者達は私達が登場した途端に手を止めて注目してきた。

「ゲールさん！　お疲れ様です！」

「おう！　お前ら、精が出るな！」

「体が資本ですから！　ゲールさん、その子は？」

「冒険者志望だ。お前らの後輩になる」

ゲールさんがさん付けで呼ばれて、かなり親しまれている。こういうのいいなぁ。先生と生徒みたいな青春って感じがする。

私にもそんな時代があったんだよ？　教室の隅で本ばっかり読んでたけど。

「リンネ、今から体力テストを行う。腕立て伏せをやってもらおう」

「回数の指定はないんですか？」

「あぁ、ひとまずやって見せてくれ」

それはいいんだけど、皆に見られながら腕立て伏せした経験なんてないから緊張する。

そして腕立て伏せというトレーニング方法がこの世界にあったことに驚く。ほとんどやったことないけど、やってみよう。身体強化魔法込みで何回できるかな？

「一、二、三、四、五……」

「ほう、なかなかだな」

「六、七、八、九……」

「うんうん、なかなかいいぞ」

魔力で身体能力を強化してるからまったく疲れない。止めていいと言われない以上は続けるしかないのかな？

「二五、二六、二七……」

「う、うむ。かなりの体力だな」

「三四、三五、三六……」

「ううむ……」

これいつまで続ければいいの？　こうなったら一気にペースを上げよう。

「八十、八一、八二……」

「お、おい。まだいけるのか？」

「百、百一、百二……」

「マジか……」

なんかざわついてるなぁ。いつまで続ければいいの？

「三百、三百一、三百二……」

「わ、わかった！　もういい！」

「え？　合格ですか？」

「ひとまずはな！　恐ろしい体力だな！」

もしかして限界までやらせるテストだったのかな？　それならそれでわかるけど、そうなるといつまで続くのか。自分にもわからなかった。

冒険者達が明らかに引いてるよ。

「あ、汗一つかいてないぞ……」

「お前、何回までいける？」

口々に色々言われてるなぁ。場所、変えません？

「十分休憩したら次のテストに移る。次はスクワットだ」

「それもこの世界にあるんですか」

「なに？」

「いえ、なんでも」

その後、身体強化でスクワットをやったら今度は四十回目くらいで止められた。次の持久走らしきテストとなると、訓練場を一周したところで止められる。

「よ、よし！　次のテストだ！」

「まだ一周しかしてませんよ？」

「ものの数秒で一周したならもう十分だ！」

「あ、そういうこと」

面倒になってペースを上げた結果がこれか。テストと言われても、他の人達の基準がわからないからついやりすぎてしまう。

魔法を使ってはいけないなんて言われてないし、私は悪くないよね。素の体力ならたぶん落ちていた。

「体力テストはもう終わりですか？」

「そうだ。次は実技テストだ。だがその前に一〇分休憩だ」

ゲールさんはそう指示すると訓練場から出ていく。

休憩というのだからお言葉に甘えて水分補給だ。水魔法で炭酸水を作り出して、と。これがまたおいしい！

「かーーっ！　たまらないっ！」

「おい、なんだアレ……」

冒険者達が私と距離を置いている。なんだアレって、魔法に決まってるじゃないですか。

私としてはあなた達のスキルのほうが気になってしょうがない。

さっきの訓練中の冒険者を見ている限りでは、確かに魔力を使っているようには見えない。しかも魔法と違って発動までのラグが一切ない上にあの威力だ。

一体何が起こってるのか教えてほしい。修練次第であんなものが繰り出せるの？

でもこっちはこっちで体力テストなんてのもあるし、結局は体が資本なら魔法だって変わらないはず。

魔法は頭を使って知識を詰め込んで技術を身につけるんだから。スキルってそんなに楽なのかな？

「次は実技テストだ。俺が相手をする」

ゲールさんが帰ってきたと思ったら武装していた。大槍を持って、着込んでいるのは重そうな鎧だ。これに驚いたのは他の冒険者達だ。

「ゲ、ゲールさん！　まさか支部長自らが⁉」

「ちょうど暇していたところに、あの子だ。何が起こるかわからんものだな」

「だけどまさかその格好……。本気でやるんですか？」

「安心しろ。いつも通り、こちらからは手を出さん」

ゲールさん、支部長だったんだ。確かにさっきと雰囲気が違う。

表情が引き締まって、私に向ける視線が鋭い。これはようやく魔法のすごさを理解してもらえたってことかな？

訓練場の雰囲気が張り詰めている。冒険者達もすっかり訓練を止めていた。

「リンネ。試験内容は俺に一発でも当てることだ。こちらからは手を出さない。制限時間もない。お前の得意な手段でこい」

「……わかりました」

この人は真剣だ。冒険者としてもかなり強いんだろうな。

そうだとしても、私が本気を出したらまた大変なことになる。いかにも本気でこいみたいな構えを見せているけど、たぶん滅ぶ。

「どうした？　いつでもかかってこい」

「はい、では」

最大限、手加減して魔力を集中させた。今から放つのは地の魔法だ。

それも石を軽く飛ばすだけ。これなら仮に当たったとしても、気絶するだけだと思っている。

いや、投石でもかなり痛いけどさ。そこはゲールさんを信じている。

「む……！　くるかッ！」

しっかり回避の姿勢を見せている。私は魔法のプロだ。外しはしない。

ゲール支部長に手の平を向けて、いよいよ魔法を放とうとした。だけどその瞬間、鼻がむずむずして――。

「はっくちゅんっ！」

やばっ！　手元が狂った！　コントロールがすっかり乱れて、放たれるはずの石がなぜか岩に。

それがゲール支部長の横をかすめて、そして。

「うぉぉぉッ!?」

訓練場の壁に岩が高速で激突した。とんでもない衝撃で訓練場全体が揺れて岩は壁を貫通。パラパラと天井から落ちる訓練場の破片が被害の大きさを物語っていた。

「あ、あはは……。も、もう一回、やっていいですか?」

ゲール支部長が同じ姿勢のまま固まって動かない。他の冒険者達も呆気にとられている。

このままじゃいけないから私はゲール支部長に近づいて、指でつんつんした。

「うおっ!」

「あの、それで私は冒険者に?」

「ご、合格だ!　手続きをしよう!」

ゲール支部長が青ざめながらもこの後、手続きを進めてくれた。発行された冒険者カードには名前と等級、職業が刻まれている。等級は六段階に分かれていて、下が六級で一番上が一級だ。登録したばかりの初心者は六級からのスタートで、昇級するごとに高難易度の依頼を受けられる。当然、高難易度の依頼ほど報奨金が多い。私は登録したばかりだから一番下の六級だ。

更に特定の職業ギルドで試験に合格すれば晴れて職に就くことができるけど私は無職。つまり新参者という意味でノービスと表示されていた。なんで魔道士がないのさ。

「リンネ。これからの活躍を期待する」

「はい、がんばります」

「……なぁ、あれってなんてスキルだ?」

「魔法です。最近では廃れたみたいですね」

「ま、魔法だって？　ウソだろ？　いや、でも……頭の中で整理が追いつかねぇ」

ゲール支部長が頭をポリポリとかいている。今日は失敗だったなぁ。くしゃみなんかで魔法が乱れるとは。

永遠の魔宮では手加減して魔法を放つことなんてほとんどなかった。これからはより繊細なコントロールが求められるかもしれない。

メイアー様が見たら、まだまだ修行が足りんとか言いそう。

3章　冒険者のお仕事

1話　冒険者としての第一歩

晴れて冒険者になった翌日、さっそく冒険者ギルドに向かった。朝からなんだか騒がしい。

冒険者達が口々に何かを囁き合っていた。

「聞いたか？　訓練場の一部を破壊した新人がいるらしい」

「居合わせた奴らの話によると、三角帽子をかぶって変な格好をした女の子らしいな」

「へぇ、そんな特徴的なのがいたらすぐに……あ」

あ、じゃない。私を見つけた冒険者達が凝視してくる。ヒソヒソとまた囁き合った。

気にしないで、私は依頼書が張り出されているボードを見た。ところが依頼書がほとんどない。

私としては颯爽と魔物討伐をこなして解決、みたいなことを目論んでいただけに肩透かしだった。

受付に行くと、冒険者登録試験の手続きをしてくれた女性がいる。

「おはようございます。あの、依頼のほうはあれで全部ですか？」

「おはようございます、リンネさん。はい、最近は常連の冒険者の方々がほぼすべて引き受けてしまうのですよ。最近ではネームドモンスター討伐が人気だったのですが、すでに討伐されたようです」

「そ、そうなんですか」

ネームドモンスターってあの草原のティラノサウルスか。

あれは手配モンスターといって、討伐すると冒険者ギルドから多額の報酬が支払われる。更に等級によってはそれだけで一発昇級だから、狙う冒険者も多い。

だけどノルーアでも歯が立たなかったように、それだけリスクもある。私が報酬を貰えた可能性もあるだけに惜しいことをした。

「魔物討伐なんかも人手が足りてるんですね」

「はい。特にこの辺りは優秀なスキルを持った方々が討伐に向かうので……」

スキル一つで魔物討伐すら奪い合いか。魔物討伐だけがすべてじゃないとはいえ、冒険者になった私は何をすればいいんだろう？

とにかくお金は絶対に必要だ。なにも魔物討伐に拘る必要はない。

「受付の……えっと、エーミルさん？　他に仕事はないんですか？」

「あるにはあるんですけどね。なんというか、あまり誰もやりたがらないようなものばかりでして……」

「例えば？」

「ドブさらい、飲食店のお手伝い、家の掃除などです。これらは報酬も少ない上にスキルを活かせる方が冒険者にはほとんどいらっしゃらないんですよね」

確かに、剣を振っただけで風の斬撃を飛ばせるような人達が好んでやる仕事じゃない。

ノルーアもずっと討伐依頼を引き受けてるみたいだし、必然的にそういうのが残る。

でも、その依頼だって誰かが必要としているから出されているわけで。だったら無下に扱うのはかわいそうだ。

「皆さん、強いのはいいんですが……。ここだけの話、気が緩んでる気がして。強いスキルがあれば慢心してしまう方もいるんです」

「怪我する人はいないんですか？」

「ある程度の怪我ならスキル【応急処置】で治ってしまいますからね。それにアイテムもあります」

「スキルとはいったい」

応急処置の一言で傷が治るなんて魔法顔負けだ。こうして聞くと魔法が廃れた理由が少しずつわかる気がしてきた。

使い手の多さと手軽さというのは何よりの利点だからね。私も負けてられないな。

「エーミルさん。何でもいいので仕事を紹介していただけますか？　ドブさらいでもいいです」

「いいんですか？」

「はい。それに町の人達だって、実績がある人に仕事を任せたいはずです。つまりこれは実績を積むチャンスです」

「そうですか、それは感心ですね。わかりました」

エーミルさんは私に片っ端から依頼書を見せてくれた。それぞれ記載されている名前と住所を確認して、一つずつこなそう。

＊＊＊

側溝のドブさらい。長い間、誰もやってないのがわかるほど溜まりに溜まってる。

泥と一体化している側溝に熱湯を流し込んで溶かしつつ、空中に浮かせて一ヶ所にまとめた。

側溝にあるすべての泥水がいくつも浮いていて、町の人達も何事かと注目する。

「なんだ、なんのスキルだ？」

「何が始まるってんだ……」

泥水の球をフレアでそれぞれ消滅。パン、パンと次々と消えていく様に、やがて拍手が起こった。

「すげぇ！」

「初めて見るスキルだ！」

「見ろ！　側溝が見えるくらい綺麗になってる！」

さっきまでは色々な汚れが混じっていたから臭いがすごかったけど、すべて綺麗になったことで町の景観もよくなったと思う。

まるで手品師や大道芸人みたいな注目を浴びて少し恥ずかしい。この調子で次の仕事先に向かった。そこそこ大きな家、というか屋敷だ。

「こんにちは、門番さん。家の掃除の依頼を受けてやってきました」

「む、君があの依頼を引き受けたのか？　こんなかわいらしい子が来るとは、あのお方も思わなかっただろうな」

依頼人はなんと町長だ。屋敷に通されると想像通り、豪勢な洋館のエントランスがあった。町長が階段から下りてきて握手を交わす。

「お仕事で来ました。リンネです」

「うむ。私が町長のラグリッドだ。よく来てくれたね」

「町長というと、使用人がいるイメージでしたが、そうでもないのですか？　あ、失礼……」

「いやいや。使用人を雇っているけど時々、休暇を与えているからよく手が足りなくなってね。あまり高い報酬は出せないけど頼めるかい？」

「はい！　迅速に！」

それからは宿の時と同じように各部屋、廊下、浴場、食堂、キッチン。すべてを巻き込んで屋敷中に風魔法を巡らせた。

生きているような動きをした風が汚れを一ヶ所にまとめる。屋敷中の埃を始めとした汚れが集まっているだけあって、歪な球体が浮いていた。

「こ、これは、何のスキルかね⁉」

「魔法です」

「魔法だって⁉　そんなバカな……」

「ていっ！」

パン、と手を叩くと汚れがフレアにのまれて消滅した。

次は布団のシーツや衣類だ。各部屋のドアを風魔法で開けてから、屋敷中の衣類をエントランスに集める。

フレッシュウォーターで空中洗濯機を披露すると、町長がよろけた。

「わ、私は、夢でも見ているのか……」

「現実ですよ。これが魔法なんです」

私は自重せずに魔法を使うことにしている。誰が驚こうと、魔法は今もある力の一つだ。誰が信じなかろうと、魔法はここにある。

洗い終わった洗濯物を空中で一直線に並べて、脱水をしてから元の部屋へ戻した。

「では仕事はこれで終わりですよね？　次の仕事があるので失礼します」

「ま、待ってくれ！　君、名前はリンネと言ったね！　もしかしたら近いうちに君の力を見込んで何か頼むかもしれん！」

「それはありがたいです」

これは意外なところで縁ができた。というか冒険者達も、魔物討伐ばっかりやってないで町長からの依頼を引き受ければよかったのに。

どんな仕事も縁次第で新たな道が開ける。前世の醜態がある私が言えた立場じゃないけどさ。

＊＊＊

「いらっしゃいませっ！　お二人様でしょうかっ！」

私が今、やっているのはホールスタッフだ。ひらひらのメイド服みたいなのを着せられるのは想定外だったけどしょうがない。

この飲食店【赤竜亭（せきりゅうてい）】は冒険者や労働者で賑わう飲食店だ。飲食店のバイトなんてやったことがなかったけど、前世の私じゃない。

魔法という才能があるおかげで、魔法ありきなら何でもこなせてしまうのだ。

「おぉい！　ねーちゃん！　酒だ、酒！」

「こっちはバフォロ肉炒め一つ！　あー、それとブロンズシュリンプの酒蒸しな！」

「こっちは八つ裂きイカ墨のダークパスタ二つ、よろしく！」

例えばこんな時、前世の私ならこんがらがって頭が真っ白になっていたと思う。でも今は違う。魔力で思考を巡らせているおかげで冷静になれた。

どうでもいいけど、八つ裂きイカ墨のダークパスタっておいしくなさそう。

やってることは、速やかにオーダーを伝えた後は、順番に皿を届けるだけ。風魔法で浮かせてテーブルまで届けると、店内がどよめく。

「なんだぁ⁉」

「う、浮いたぞ！」

客は当然、驚く。一番驚いてるのはオーナー兼シェフだと思う。だけどこの人は豪胆な人で、リアクションが薄い。

「黒魔女ォ！　こっちもでき上がったから持っていきやがれ！」

私が魔女丸出しの格好で行ったものだから、それが呼称になった。

これがいかにも昔気質(むかしかたぎ)な人で、従業員がなかなか定着しない理由がなんとなくわかる。

ぶっきらぼうで声が大きくて荒々しい。そんな人だ。

と、意気揚々とお仕事をしていた私にもトラブルの気配が忍び寄る。オーダーをとりに行った席に座っていたのはあから顔の男だ。

「お前、なかなかかわいいな。どうだ？　仕事が終わったら俺達と飲みにいかねぇか？」

「いいえ、遠慮します」

「いいじゃねぇか。あんなクソオヤジにこき使われるよりは楽しいぜ？」

「ですから、遠慮します」

離れようとしたら、ついに腕を引っ張ってきた。あぁもう、あまり怒らせないでほしいな。

オーナーからは客に逆らうな、頭を下げろって言われてるけど限界だ。

「おい、こっちは客だぞ？」

「お客様、さすがにやりすぎです」

「離してほしかったら付き合いな？」

「最後の警告です。離してください」

うん。ここは手加減してデコピンだ。これなら気絶程度で済むはず。

「うるせぇな。いい加減にしねぇと……」

「離してって言ってるでしょ」

「いでぇッ！」

男の腕を握ると痛がって離した。しつこい男の額にデコピンをすると、回転しながら床に叩きつけられて倒れた。

「どぅわぁぁぁぁーーーーッ！」

だいぶ手加減したはずなんだけど。あの？　もちろん店内は静まり返る。

「お、お客様。大袈裟ですよぉ？　アハハハ……」

私は急いで頭を下げた。男を揺り起こしたところで事態は何も変わらない。この日、私はクビを覚悟した。

ところが、豪快なオーナーは何も言わずに冒険者ギルドを通して報酬を渡してくれる。

その際にメモ用紙に書かれていたのは、「その気があればまた来い」だ。結果オーライなのかな？

2話　初めての討伐依頼

ついに冒険者ギルドに魔物討伐の依頼があった。しかも依頼人は私を指名している。

依頼人は町長、討伐対象はゴブリン。町から離れたクルワの森の奥にゴブリン達が村を作っていて、数を増やしているらしい。

指名の依頼はボードに張り出されないらしくて、受付で確認する必要がある。そこを初心者の私には親切にエーミルさんが教えてくれた。手厚いサポート！

そしてさっそく町長さんとの縁がしっかり活きている！

「エーミルさん。ゴブリンって他の冒険者が倒してるんじゃ？」

「数が多い上に魔物の中でも繁殖力が高いので、ちょくちょく討伐依頼が出るんです」

「ふむふむ。それで町長さんは私を見込んでゴブリン討伐を依頼したんだなぁ」

エビルゴブリンを討伐してる私にとっては眠たくなる依頼かもしれない。

でも町長さんはきっと私を試しているんだと思う。屋敷で私の魔法を見ても半信半疑なところはあるんじゃないかな。

それはしょうがないと思ってる。私が逆の立場だったら、もしかしたら信じていないかもしれないから。

エーミルさんにお礼を言って私はアカラムの町を出た。地図を買ったし、迷うことはないはずだ。

ゴブリンという魔物、宿の食堂でノルーアと食事をした時に話したっけ。

彼女によると、戦いの心得がある冒険者ならさほど脅威じゃない。六級冒険者に都合がいい魔物だけど群れると危険だ。

特にゴブリンリーダーやゴブリンロード、ゴブリンヒーローといった上位種がいたら一気に話が変わってくる。リーダーで四級、ロードで三級、ヒーローで二級がそれぞれ討伐可能な等級だ。

ちなみにノルーアは替えの下着を盗まれた時にキレて、ゴブリンリーダーもろとも一人で全滅させたことがあるらしい。

当のゴブリンが下着に何らかの魅力を感じたとは思えないけど、気分的にはよくないと思う。

それに軽く見られがちだけど、戦う力がない人達にとっては脅威になる。この世界にはそういう魔物がわんさかいるから、冒険者が必要だ。

「さてと、ここがクルワの森だね」

アカラムの町からクルワの森まで徒歩で半日ほど。魔牢の森と比べたら、なんとのどかなことか。

相変わらず魔物の鳴き声らしき何かは聞こえるけど、かわいいものです。意気揚々と森に入って、さっそくゴブリンの村を探した。

闇雲に歩いても見つかるわけないからここは一つ、知恵を絞ろう。それは魔力感知だ。

魔法が使えないゴブリンに魔力なんてない。というのは大きな間違いだ。実は魔力というものは微量ながら誰にでも備わっている。

もちろん虫だとか、小さい生物は除くけどね。魔力が低ければ、魔力感知が難しくなる。

ゴブリンの魔力は限りなく低いから、ある程度は近づかないと見つからないかもしれない。

「森の生物らしき魔力がたくさん引っかかるなぁ。えっと……こっちかな？」

私はゴブリンらしき魔力反応との距離を少しずつ詰めていく。複数の反応の中からゴブリンを探し当てなきゃいけないから大変だ。

そんな中、やがて多数の微弱な魔力が密集する地帯を見つけた。そしたらビンゴ。粗末な作りながらも木で作られた塀が見える。よし。後は単純、突撃しかない。

「お覚悟ォーーー！」

「ギィッ⁉」

ゴブリン達が私に気づいて襲いかかってきた。遅いおっそい。あなた達の超上位互換のエビルゴブリン達に比べたらね。

全部、バーストカウンターで返り討ちだ。同時に村の中に踏み込むと、おぞましい数のゴブリンが更にやって来る。

だけど黙っているだけでバーストカウンターで次々と散っていく。こりゃ楽ちん。

「意外と多いなぁ」

ふとゴブリン達が私の周りに集まったまま、襲ってこなくなる。

バーストカウンターで散っていった仲間を見たゴブリン達がさすがに学習したようだ。どうも知能はエビルゴブリンより高いらしい。

そして奥から一際、大きなゴブリンが登場した。一丁前に鉄の兜(かぶと)を被り、派手な装飾で着飾ったそのゴブリンはリーダー？

のっしのっしと歩いてきて鉈(なた)がいくつも増えたように残像を残して、千切りのごとく振り下ろされる。あ、これってスキル？

「まぁ関係ないんだけど」

「ギギャアァァーーーーッ！」

銃が私に命中する直前、バーストカウンターがさく裂。バーストカウンターが直撃した巨大ゴブリンの上半身が吹っ飛んだ。残った下半身がぐらりと倒れる。

「ギッ⁉」

「ギーーーー！」

ゴブリン達の様子がおかしい。と思ったら次々と背中を見せて逃げていく。待って、これは想定外！

「逃がしたら討伐完了にならーん！」

逃げられる前に追尾の魔法で討つ！　それならこれしかない！

「ホーミングアローッ！」

魔力の矢が対象を追跡して撃ち抜く魔法だ。これなら一匹残らず全滅させられるはず。

「ギャッ！」

「ゲッ！」

逃げるゴブリンの背中にホーミングアローが突き刺さる。よし、いいよいいよ。いいよ、あ！　まだ物陰に残っていた！　今度こそ！

「あ、あっちにも！　どれだけいるのさ！　もおぉぉーーーっ！」

完全に頭にきた。両手に魔力を集中させて——。

「エクスプロージョンッ！」

広範囲に渡って爆破を引き起こす炎属性の魔法だ。ゴブリンの村が光に照らされて、超威力の爆破が辺りを吹き飛ばす。

爆風で木々がなぎ倒されて、轟音（ごうおん）と共にゴブリンの村がのまれるようにして消えた。爆破が収まると、巨大なクレーターが出来上がる。

「ふ、ふふ……どーだ！」

逃げる間もなく討伐する。最初からこれでよかったんだよね。それにしても、ゴブリンがまさか逃げるなんてね。

永遠の魔宮に逃げる魔物なんかいなかったから意外だったし、対処法がわからなかった。これも勉強、魔法と同じだ。うんうん。

と、一人で納得していたら遠くから人の声がする。

「今の音はなんだ！」

「うわっ！　な、なんだこれ！　何が起こった！」

やって来たのは冒険者達だ。しかもその一人、顔見知りです。そう、ノルーアがいる。知り合いが来たことによって、急に頭が冷えてきた。

「リンネ、これお前がやっただろ……？」

「え、あぁうん。冷静になるとちょっとやり過ぎたかなーなんて……」

「お前がここまでするほどの相手だったんだな」

「そ、そうそう！　かなり手強くてさー！　ハハハ……」

こうして誰かがやってくると、より冷静になることができた。頭に血が上ったからってここまでやるのはどうなんだろう。

ゴブリン相手にムキになるなんて、修行が足りないとしか思えない。これ、メイアー様が見たらなんて言うかな？

だからお前はアホなのだぁとか言われそう。ぐすん。

3話　結果良ければすべて良し

「リンネちゃん。お客さんが来てるよ」

ゴブリン討伐を終えた翌朝、宿屋の主人がドアをノックしてきた。布団の中でビクリと体を震わせながらも私は起きる。

昨日、ゴブリン討伐の際にノルーア達と鉢合わせしてからが大変だった。爆心地みたいになったゴブリンの村跡に対する追及がすごい。

ノルーアは一度、私の魔法を見ているからまだいい。問題は他の冒険者達だ。本当に魔法なのか。実在するのか。どうやって使ったのか。

隠す必要もないから丁寧に説明したけど、途中からこいつ何言ってんだみたいな顔をされてつらかった。

そんな調子だから、あの人達も今頃は冒険者ギルドとかで言いふらしてそう。

いや、それはいい。それはいいんだけど、問題はこのお客さんだ。

「はい。今、起きます」

「町長からの使いだってさ。リンネちゃん、何かやったのか？」

盛大にやりました。しかも町長って案の定、依頼人からの使いだという。

ゴブリンを討伐しろとは言ったけど、破壊活動をしろとは言ってない。そんな風に怒られる可能性を考えてしまった。

こういうネガティブな方向にしか考えられないのは前世の影響だと思う。それ以前にノルーアを助けた時にもだいぶ地表とか削ってるんだけどさ。

でも町長には一度、魔法を見せているからきっと大丈夫。きっと。一階に下りて朝食を食べようと思ったけど、使いの人が屋敷でご馳走すると言ってくれた。

「私に何の用でしょうか？」

「町長が依頼のことで話したいことがあるそうです」

「あぁ……」

討伐依頼の報酬は冒険者ギルドを通じて貰ったけど、返せとか言わないよね。

君に任せたのは見込み違いだった。危険な力を持った人間を町に置いておくわけにはいかん。そんな流れだって考えられる。落ち着け。うん、ここにいられなくなったら出ていけばいいだけのこと。

宿屋から屋敷に案内されると、エントランスを通過してそのまま食堂に案内された。テーブルに用意されていた朝食は二人分。対面には町長が座っていた。

「やぁ、こんなに朝早くからすまないね。お詫(わ)びと言ってはなんだが、遠慮なく食べてほしい」

「は、はぁ」

朝食はドリンクとトースト、卵焼き。庶民的というか、前世と変わらないメニューだ。ありがたいけど町長の話が気になってしょうがない。でも一口だけサクッと。おいふぃぃい。

「先日のゴブリン討伐はご苦労だった。派手にやらかしたそうだね」

「な、なぜそれを」

「町で噂(うわさ)になっているよ?」

「うわぁ」

なるほど。ここに来る途中、なんかヒソヒソされてるなと思った。

私の心中なんか知ったことかとばかりに、町長はトーストに大量のジャムを塗っている。体に悪そう。

「うん。君に任せて正解だったよ。そういう話なら、おそらく生き残ったゴブリンはいなさそうだからね」

「へ？　よかったんですか？」

「下手な冒険者に任せると、とりこぼしなんかがあってね。生き残って復讐心に駆られた個体が新たな群れをつくることだってある」

「それは確かにまずいですね」

町長が言うには、確実に全滅させることが重要だそうだ。

中途半端な敗北は復讐心を植えつけて、逆効果になることがある。そしてより強力な個体と群れが誕生して、町一つが滅んだ事例もあるとか。

「あのゴブリン村にいたボス、あれはゴブリンヒーローだったんだ。実は昔、討伐された群れの生き残りだと調べがついている」

「ゴブリンヒーローって二級にあたる魔物ですよね」

「そうだね。だから実はどうしようかと思っていたのさ。勇み足で他の冒険者が向かう可能性だってあったからね」

「この町に二級冒険者はいないんですか？」

「この町では君も知っているノルーアがトップクラスに強いが、彼女でも三級だ。まぁ長らく凶悪な魔物がいないから四級以下でもやっていけていたのだけどね……」

町長は少し、言葉を濁らせた。やっていけていたということは？

「近頃、なぜか魔物の活動が少しずつ活発になっている。それに遠方では災害も増えているし、何か胸騒ぎがするのだよ」

「ということは三級でも対処できない魔物が出現する可能性も？」

「認めたくないが、可能性は否定できない。つい先日も草原の暴喰者が暴れまわっていたからね」

「あの恐竜か……」

「ん？」

「あ、いえ。それでどうして私が呼ばれたんですか？」

町長がジャムたっぷりのトーストを完食してカップに口をつける。

私も一口。あ、甘い。ジュースなんだろうけど、これとジャムってなかなか強烈。

「君にもこれからよろしくってことを言いたくてね。近いうちにまた冒険者ギルドを通して依頼を出すよ」

「う、嬉しいんですけど他の方々ではダメなんですか？」

「彼らもよくやってくれているが、同時に不安なのだよ。スキルを過信して、自分を鍛えることをあまりしない者も増えている」

私が冒険者ギルドの訓練場で試験を受けた時も、あまり訓練をしている人がいなかったように思える。

多くはロビーで作戦会議みたいなことをしているか、雑談してリラックスしているかのどちらかだ。

私も薄々思っていたことだ。魔法だってさぼっていたら感覚を忘れる。だからそうならないように常に魔力を身にまとわせて、日常の中で訓練しているほどだ。

「スキルに頼りすぎている者が多くて、いつか足元をすくわれるんじゃないかと思うのだよ。

そんな中、ノルーアはよくやってくれているけどね」

「はい。私から見ても、なんとなくそう見えます。大して知ってるわけじゃないですけど……」

「少々、気性が荒々しいのが気になるがね。嫁の貰い手以外の心配はないと思うよ」

「は、ははは……」

当人が聞いたらどう思うかな。あのノルーア、町長からだいぶ信頼されているとわかった。

この町の冒険者の中で一番強いかもしれない。

＊＊＊

その日の夜、私はノルーアと宿の食堂で食事をとっていた。

今日のことは微妙に伏せて、それとなく町長のことを聞いてみると――。

「あぁ、あの人はまさに理想の町長だね。私みたいに身寄りのない子ども達を常に気にかけてくれているんだ」

「それでノルーアのことは子どもの頃から知っているんだね」

「あの人が手を回してくれたおかげで、この宿の夫婦にも面倒を見てもらえた。だからな……離れたくないいな」

「ん？」

一瞬、ノルーアが寂しい表情を見せた気がする。でも悟られたくなかったのか、すぐに話題を切り替えた。

「ま、あの人に一言だけ言いたいのは甘いものは程々にしてくれってことだな」

「あ、すごい量のジャムだったなぁ。あのドリンクも甘かった」

「なー！　しかも運動もしないからブクブク太っちゃってさ！」

そんな話をしながら、私はノルーアのことが気になっていた。両親と死別してからは町の人達の助けがあったとはいえ、同年代からいじめを受けながらもたくましく生きている。そんな境遇に置かれながらも、今はこの町の人達に認められた立派な剣士に成長した。

冒険者は腕一つで成り上がれる世界だから、性に合っているとノルーアは笑う。

「私さ、剣士を極めたら次は上位職を目指そうと思うんだ」

「上位職？」

「剣士は下位職で、世の中には一部の人間しか就くことができない上位職というのがある。上位職になれば国から大切な仕事が依頼されたり、騎士団への誘いもあるからね」

「なるほど、冒険者で終わるつもりはないと……」

「ま、そうなるとこの町からは離れなきゃいけない。この町に上位職のギルドがないからな」

そうか。だから少し寂しそうなのか。夢をとるか、故郷をとるか。

こんなにも自分の将来を考えているノルーアを私は人として尊敬する。だって将来を悲観していた私とはあまりにも違いすぎるから。

「騎士団も悪くないけど、私の性に合わなそうな気がするんだよなー。だったら上級冒険者様にでもなるか？　いやー、迷うな」

「すごい楽しそうだねぇ」

「そりゃお前、自分の将来だぜ？　私にしか決められないんだから面白いに決まってる」

「強い……」

前世にも上級国民なんて皮肉めいた言葉があったように、ノルーアによれば上級冒険者なんて言葉があるらしい。

皮肉にも聞こえるけど、少なくともノルーアは外側だけ立派な人間になるつもりはなさそう。

「私はノルーアを応援するよ」

「ありがとな。最初はやべぇ奴だと思ったけど、意外といい奴だな」

「否定はできないねぇ……」

この日、私はノルーアと色々な話をした。

お互いのこと、冒険者のこと、知りたかったスキルについて。そしてこの世界のことも。私もやるからには全力で冒険者をやってみようかな。

4話　ルーキーは先輩を敬う

翌日、私は前に依頼を引き受けて手伝った赤竜亭に来ていた。

働いていた時にまかないで食べさせてもらった料理がおいしくて、絶対に客として来店しようと思っていた。

お昼前、まだ客が少ない時に店に入って胸を高鳴らせながら席に案内される。ここのオーナーはぶっきらぼうで昔気質な人だけど、私は嫌いじゃない。

そのオーナーがのっそりと出てきて私を見るなり、ズカズカと近寄ってきた。オーナー、圧が強すぎます。

「オ、オーナー。こんにちは」

「おう、黒魔女。よく来たな。お前、冒険者なんだよな？」

「はい、それが何か？」

「……もう他に頼める奴がいねぇんだ。依頼を引き受けてくれねぇか？」

私は面食らった。仏頂面で客人気がなさそうな強面の人が、こんなにも改まった態度をとっている。

私も姿勢を正して聞くことにした。話によるとオーナーは先日、冒険者ギルドに食材調達の依頼を出したらしい。

食材はブラストボアという巨大な魔物の肉で個体が大きいほどおいしい。

ところが、依頼を引き受けた冒険者達が持ってきた肉は質がイマイチで、お客さんも満足しなかった。

そのお客さんというのが町長を含んだ町の有力者達で、オーナーも張り切っていただけに意気消沈していたのだという。

赤竜亭は町でも評判の料理店であり、オーナーはかなり悔しがっていた。

「あいつらを責めたくはねぇんだがな。客を満足させられなかったのがどうにも忘れられねぇ」

「それでそのブラストボアの肉をもう一度、調達してきてほしいと？」

「話が早いな。ブラストボアは個体が大きいほど肉質がいいんだが、仕留めるのが難しい。冒険者達が相手にしたのはおそらくまだガキの個体だ」

「なるほど、なるほど」

その時、店のドアが開いた。入ってきたのは冒険者達だ。あのノルーアも一緒で、私はなぜか改まって会釈をしてしまう。

「リンネ。昼食か？」

「うん。ここの料理おいしいからね。ノルーアも仕事前の昼食？」

「いや、今日はお金が溜まったから久しぶりに仕事仲間と食事でもしようと思ってね」

「景気がいいねー」

よく見ると私がゴブリン村を消滅させた時とは違うメンツだ。ノルーアと話していたら、オーナーが冒険者達を鋭く睨(にら)んでいた。

もしかして？

「黒魔女。ブラストボアの食材調達、頼んだぞ」

「うん、任せて」

オーナーがわざとらしく言った気がした。

内心では冒険者達に不満があるんだろうけど、これって私にとばっちりがくるパターンでは？

案の定、冒険者の一人が椅子から立ち上がる。

「オーナー、またブラストボアの肉が必要なのか？　だったら俺達に依頼してくれたらいいじゃないか」

「すまねぇな。今度はこっちの黒魔女に頼むことにした」

「どうしてだ？　まさか俺達の仕事に不満でもあるのか？」

「そうだ。悪いがあの肉じゃ質が低い」

うわ、これ絶対空気が悪くなるやつだ。案の定、冒険者達がオーナーと一触即発状態で睨み合いが始まった。

と思ったら冒険者の一人が私に目を向ける。

「それでこっちの子に依頼するってのか」

「おい、お前の等級はいくつだ？」

「六級です」

「六級……まだ駆け出しじゃないか。なぁ、悪いことは言わない。その依頼、俺達に譲らないか？」

「え？　なんで？」

「ブラストボアは駆け出しの六級が戦える魔物じゃない。オーナーもその辺をわかっていないんだろう」

ここで仕事を譲るのを断れば、確実に気を悪くする。ノルーアの仲間とケンカするのは私も本意じゃない。ノルーアがこの状況に苛立ったのか、仲間に何か言おうとしていた。トラブルになる前に私がぺこりと頭を下げる。

「じゃあ、一緒に討伐していただけますか？　ぜひお勉強させてほしいのです」

「それならいいぞ。ただし、足手まといにならないようにしてくれよ。リーダーの俺の言うことには従うこと、いいな？」

「わかりました」

よし、社会人スキルが役立ったね。相手のプライドを傷つけないように穏便に済ませることができた。

相手を尊重して立てる。これぞ人生の処世術です。

＊＊＊

ブラストボアはクルワの森から南に下ったところの深い森林に生息している。斜面が多いから、クルワの森より足場が悪い。

そこはやっぱりノルーアを含む冒険者達、難なく山を歩いて魔物まで相手にしていた。

「キラーウッドか！　あっちはブラッドフラワー……分担しよう！」

「キラーウッドなら大木斬だろ！」

何の変哲もない木に鬼のような形相が備わった植物の魔物、キラーウッド。

その名の通り、血みたいにドス黒い大きな花の魔物ブラッドフラワー。植物なら燃やせばいいんじゃない？　とか適当なことを考えていた。

「【ブレードガード】ッ！」

キラーウッドが伸ばした枝を冒険者の一人が斧で防ぐ。その後ろからもう一人が出てきて、弓を構えた。

「ファイアーアローッ！」

炎をまとった矢がキラーウッドを撃ち抜く。

燃え始めたキラーウッドがもがき苦しんだところで、斧の冒険者が止めに入った。

「【大木斬】ッ！」

「おぉーー！」

思わず声を上げてしまう。あの大きな木の魔物が一撃で裂かれた。

え、すごい。あのファイアアローは絶対に魔法じゃない。それなのにどういう原理で炎をまとっているの？　教えて？

「ブラッドフラワーの花粉は猛毒だ！　不用意に近づくなよ！　リンネ、お前は一切手を出さなくていい！」

「はいっ！」

後輩らしく元気に返事をした。どの職場でも元気さは大切だからね。

近づくなといいつつ、駆けだしたのはノルーアだ。ブラッドフラワーが花粉を放出したと同時にジャンプ。

真上から回転するようにして——。

「ウインドスラッシュ！」

ノルーアの剣から風の斬撃が繰り出されて、ブラッドフラワーが花びらを散らして切断された。

魔物を蹴散らした後で冒険者達がハイタッチをして勝利を喜び合う。これがスキルか。見たところ初動も速いしラグもない。

何より魔法より簡単に放つことができるなら、いちいち複雑な魔術式を構築する魔法の出る幕は確かにないと思った。

属性攻撃についてもファイアアローやウインドスラッシュと隙がない。

一人で納得していると冒険者が私のところへ来て、自慢げな態度で話しかけてきた。

「どうだ？　後輩にはいい勉強になったんじゃないか？」

「そうですね。素晴らしいスキルの数々です」

「俺は斧、ノルーアは剣士、あっちの野郎はアーチャーだ。あいつなら複数の魔物相手に放つ【ハンドレッドアロー】もあるし、必中の【瞬撃矢】もある。いけてるだろ？」

「かっこいいですね！」

本当にすごい自慢げだ。でも町長の言葉が頭をよぎった。

スキルに頼りすぎている者が多くて、いつか足元をすくわれるんじゃないかと思うのだよ、だっけ。

確かに何かにつけてスキル、スキル、スキルだ。戦闘の技術面の話が一切出ない。

今の戦いもスキルがひたすらすごいという感想しかなかった。そんな中、ノルーアはどう思ってるんだろう？

あの子の動きはこの中でもマシに思えたような？

「お！　ブラストボアだ！　なかなか大きいな！」

そう言って冒険者が見つけたのは猪の魔物ブラストボアだ。突進と同時に爆破を引き起こす魔物と聞いている。

だけどこれも突進したところで、冒険者達のスキルによって軽々と討伐されてしまった。

「ハッ！　楽勝じゃないか！　このくらい大きければ赤竜亭のオーナーも満足だろ！」

「そうだな。これで依頼は果たしたし、帰……ん？　地響きが聞こえるな？」

聞こえる。というかすぐそこに迫っている。木々をなぎ倒しながら登場した巨大な猪の魔物、ブラストボア。大きさは今の個体の数倍以上。

「や、やべぇ！　でかいぞ！　親かもしれない！」

「怯むな！」

ノルーアが果敢に向かっていってウインドスラッシュを浴びせまくった。他の冒険者達も最大威力の斧スキルや弓スキルを叩き込む。

「このッ！　デカブツがッ！」

「私も参加します」

「リンネ！　お前は引っ込んでろ！」

「しかし……」

「六級なんざ足手まといなんだよ！　これもリーダー命令だ！」

気を使ってくれているのはわかるけど、少しは私を知ってほしい。冒険者達の猛攻でもかすり傷がつくだけで、バーストボアは鼻を鳴らしている。

そして猛烈な突進で冒険者達が爆破と共に蹴散らされた。

「うわぁぁぁっ！」

「う、う、いてぇ……」

一撃で起き上がれなくなった冒険者達をブラストボアが見下ろした。

これで終わりか？　まるでそう言っているようにも見える。うーん、これは私の出番だね。

「リ、リンネ……」

「大丈夫」

「ごめん……」

自分達の不甲斐なさをノルーアが謝った。誰も悪くない。悪いのはスキルを妄信するような社会にした何かだ。

ブラストボアが再び前足で地を蹴って、突進の構えを見せた。そして突進が始まるも、ブラストボアが吹っ飛ぶ。

「エアバッグ」

その名の通り、空気の塊で作った風魔法によるクッションだ。今回は肉が必要だから消滅させるわけにはいかない。

まずは突進の勢いを殺した上で仕上げに入る。起き上がろうとするブラストボア目がけて私がぶつけるのは地属性魔法だ。狩りといえば、これしかない。

「ロックライフル」

ブラストボアの頭部目がけて、高速で尖った小さい石の弾丸を放つ。

頭部の真ん中に命中して、ブラストボアがぐらりと巨体を揺らしてまた倒れる。

動かなくなったところで私は冒険者達をヒールで回復。むくりと起き上がった冒険者達は頭痛がするのか、頭を抱えていた。

「い、今、何が起きたんだ？」

「あの化け物を一撃でやったってのか？」

ガタガタと震え始めた冒険者達。私が冒険者達の手当てをしようと近づくと、かなり怯えて逃げようとした。

「お前、何者だよ……」

「これが魔法です」

「ま、魔法……？　スキルじゃないってのか……？」

「似て非なるものです」

魔法なんて失われた力を目の当たりにして、素直に受け入れるのは難しい。理解しろとも言わないし、今はただ見たものを受け入れる時間が必要だ。

だけどノルーアだけはどこか観念したように、私に握手を求めてきた。

5話　盗賊討伐

「おう！　よくこんな大物を仕留めたもんだ！　さすが黒魔女！」

狩りを終えた日の夕方、ブラストボアを納品したら赤竜亭のオーナーがガハハと笑って上機嫌だ。

大きすぎて解体するのに苦労した上に保管場所が大変だった。あれだけ上質で大きな肉を腐らせるのは私も本意じゃない。

だから赤竜亭にはオマケして、冷魔石を搭載した保管庫を作ってあげた。いわゆる冷凍庫だ。

ブラストボアの肉はブロック状にして部位ごとに分けることでどうにか収まり、これで一年分のストックがある。

ふとオーナーがノルーア達、冒険者達に目を向けた。

「おめぇら、いい勉強になったんだってな？」

「生意気な口を叩いてすまないと思ってる。リンネの力は俺達が及ぶところじゃない……」

狩りを終えて町に帰る途中のことだ。冒険者達は終始無言だったけど段々と現実を受け入れるようになっていた。そして頭を下げてきたのは赤竜亭に着く直前だ。

「先輩風を吹かせちゃいたが、今回の戦いで自分達の未熟さを思い知った」

「でもノルーアも知ってるんだったら言ってくれたらよかっただろうに……」

冒険者達の発言に、ノルーアは無言でニッと笑う。まぁ口で言っても理解してもらえなかったと思う。

「なぁ、リンネ。魔道士ってのはもういなくなったんじゃないのか？　魔法って何なんだ？」

「えっとですね。一から説明すると日が暮れるんですけどいいですか？」

「い、いや。できれば手短に……」

「では……」

手短に話した後、気がつけば日が沈んでいた。

その日の夕食では赤竜亭の料理を味わいながら、なんだかんだで私は冒険者の人達と楽しく交流できた気がする。

ノルーアは一人で五人前くらいの食事を平らげて、更にドリンク十三杯のお代わりをしていた。こっちのほうがよっぽど魔法だよ。

あの体のどこにそんなに入るの？　マジックポーチかな？

＊＊＊

翌朝、意気揚々と冒険者ギルドに入ると冒険者達に一斉に見られた。少しぎょっとしたけど私は平常運転。いつも通り、受付へと進む。

「あ、あれが魔道士だって？」

「訓練場の壁をぶっ壊してゴブリン達を消滅、ネームドモンスター指定直前だったブラストボアを跡形もなく消滅させたっていう……」

「草原の【竜の通り道】も実はあの子の魔法の破壊跡だって噂だよな？」

ブラストボアは消滅させてません。

そして竜の通り道というのは聞いたところによると、私が草原の暴喰者を倒した際にできたものだ。

確かにそんな爪痕は残したけど、そんな恐ろしい名前がつけられていたのは初耳だった。世の中、怖いことがあるものですね。

「リンネさん！　すっかり話題ですねっ！」

「エーミルさん、楽しんでません？」

「だってぇ」

「だってぇじゃなくて。それより私宛の依頼ありますか？」

「ありますよ。町長さんから盗賊の合同討伐依頼があります」

説明によると現王家打倒を志した【気高き柱】と名乗る盗賊団が討伐対象だ。

気高き柱団とは昔から存在する反王政組織の一つで、長らく王国軍と小競り合いをしていた。

ところがつい最近になって王国軍が盗賊団を追い詰めてその多くが討伐されたらしいけど、残党がこの辺りに逃げてきたという。

「気高き柱団の残党がこの町の近くに潜伏しているとの情報がありました。リンネさんには盗賊団討伐隊に加わっていただきたいのです」

「要するにテロリストか。どこの世界にもそんなのがいるんだねぇ」

「え？」

「いやいや、わかりました。やってやりますよ」

「明日の朝、町長の屋敷に集合とのことです」

こうして私は盗賊討伐隊に加わることになった。

翌日、エーミルさんから伝えられた通り、私達は町長の屋敷へと集められる。そこでゲール支部長を始めとした冒険者ギルドの職員数名が、参加者をまとめていた。集まっているのは四級以上の冒険者ばかりで、六級の私は完全に場違いだ。メンバーからチラチラ見られていて、ヒソヒソ攻撃が始まった。

「やっぱりあの子も参加するのか」

「魔法を使うらしいな。お手並み拝見といきたい」

「お、お前らは何も知らないからそんな呑気に構えていられるんだよ……。巨大なブラストボアがぶっ飛ばされたんだぞ?」

「お前、びびりすぎだろ! ハハハッ!」

ノルーアと一緒にいた冒険者の一人がいる。

他にもゴブリン村消滅事件の時に居合わせた冒険者も加わり、初見派と未確認派で分かれてあーだこーだ言い合っていた。

こういう場で顔見知りがいるのは心強い。私はノルーアに声をかけて気を紛らわせた。

「リンネ、やっぱりお前も来たか!」

「ノルーア。私、ここにいていいのかな?」

「お前の噂は広まっちまってるからなぁ。放っておくほうが不自然だろ。見ろよ、あいつらのあの様子をさ」

そう言ってノルーアが言い合っている冒険者達を指す。私のために争わないで! とかやっていると町長がやって来た。

「コホン、えー。本日はよく集まってくれた。町長のラグリッドだ。盗賊団討伐という名目で集まってもらったわけだが、初めに言っておく。奴らを甘くみないでほしい」

場が静まり返った。ただの甘党のおじさんだと思ったけど、真剣になればこんなにも緊迫感を出せるんだね。

そこへゲール支部長が代わって話を続けた。

「町長の言う通り、奴らは弱体化こそしているが主要メンバーは健在だ。中でも厄介なのが……」

その後、ゲール支部長による気高き柱団の説明が始まった。説明が進むうちに冒険者達の表情が険しくなる。

ボスを始めとした幹部のメンバー達が持つ固有スキルはこれまで王国軍が手を焼く原因になっていた。

職業依存じゃない固有スキルは生まれつき備わっているもので、中にはとんでもない性能を発揮するスキルがあるらしい。

特に厄介なのが【危険察知】【鼓舞】。私が聞いても、そんなのあり？　と言いたくなる効果だった。

＊　＊　＊

討伐作戦当日、何日もの打ち合わせ通りに気高き柱団が潜伏している山の麓で討伐隊が展開した。

小隊ごとに分かれて、盗賊団を逃がさないようにまばらに突入していく。

ボスの側近が持つスキル【危険察知】のせいで、闇雲に攻めても逃げられるだけ。

そこで私はある提案をした。それは魔法への知識がない人達には簡単に受け入れられるものじゃなかったけど――。

「リンネ。大規模結界だなんて可能なのか？」

「ゲール支部長達は安心して戦ってください」

危険察知を使われて逃げられないよう、山に結界を張っていた。

更にボスが持つ【鼓舞】は、メンバーの身体能力を飛躍的に高める恐ろしいスキルとのこと。

だから陽動して盗賊団を散らす必要があった。盗賊団の拠点を囲うようにして、小隊単位で近づけば危険察知でも補えない。

「来たな！　逃げられないと知って向かって来たか！」

同じ小隊のノルーアが果敢に向かって、やって来た盗賊団の三人に挑む。その勢いは本当に荒々しい。

「死ねやぁぁッ！　ウインドスラッシュッ！」

「ぎゃあぁぁっ！」

「三連ッ！　斬りッ！」

「ぐあぁッ！」

真正面からざっくりと斬りつけた。剣スキル、恐るべし。いや、ノルーアが強いのか。

あっという間に一人になった盗賊が逃げようとしたけど——。

「な、なんだこれ！　通れない！　どうなってんだ！」

「結界だよ。もうあなた達はこの山から出られない」

「ひっ……！」

「ホールド」

全身の神経を麻痺（まひ）させる魔法、ホールド。人間程度ならこれで簡単に無力化できる。

遠くから交戦に伴うかけ声や悲鳴が聞こえてきて、やっとるなーって感じだ。

「盗賊のボスはすでに逃げようとしてるね。【危険察知】持ちの側近も一緒だ」

「リンネ。そんなことまでわかるのか？」

「うん。魔力感知でね。面倒だから一気に距離を詰めようか。ノルーア、掴まって」

ノルーアをおんぶする形になって、私は風魔法のブーストを使った。

風の推進力で木々を縫うように進みながら、ボスの下へ急ぐ。

「リ、リンネェエ！　速すぎないかーー！」

「喋ると舌を噛むよ」

かっ飛ばしていくと、いた。

ボスと側近達がすでに冒険者達と交戦をしている。私はブーストを使って、冒険者達を守るように側近達の正面に回った。

正面にいた二人はぎょっとしていたけど、すかさず戦闘態勢に入る。片方の男が武器を構えて、もう一人はなんと素手だ。その他、数人の手下達がボスを守るようにして立つ。

先に交戦していた冒険者達は苦戦しているようで、息が上がっていた。

「リ、リンネ！　気をつけろ！　こいつら、かなり強い！」

「ボスは大剣スキル持ちで、隣にいる奴は素手スキルだ！　どちらも半端ない威力なんだ！」

確かに周囲の木々が折れていて、戦いの激しさを物語っていた。なるほど。そりゃ苦戦するわけだ。

「ギルガさん。妙な連中に追いつかれましたな。特にあの黒い女、【危険察知】がビンビン反応してやがります」

「チッ……なんだってこうも追い詰められたんだか。見えない壁はあるしよ」

ギルガと呼ばれた男がこの気高き柱団のボスらしい。ギルガは巨大な大剣を両手持ちしていた。確かに見る限り、盗賊団にしては装備品が整っている。

それぞれの武器がキラリと光り、盗賊達はうすら笑いを浮かべていた。しょせんは女二人、とか思ってるのかな？

「驚かせやがって。しょせんは女二人じゃねえか」

「やっぱり」

「あん？」

「それよりね。現王政への反対派気取りみたいだけど、やってることは子どもと変わらないよ」

「なんだと？」

「要は気に入らないからって関係ない人を巻き込んで駄々をこねてるんでしょ？　子どもならかわいいものだけど、いい歳したおじさん達ならダサいよ」

盗賊達が歯を食いしばって完全に怒りを露にしている。自分達の行動理念を否定されたんだから当然だ。でも私は、いわゆるテロリストという人達が許せない。

目的のためには手段を選ばないとは言うけど、すでに手段が目的になっている気がするからだ。

俺達は正義だ。だから何をやってもいい。好き勝手にやってるうちに当の目的なんかどうでもよくなっている。この人達もきっと似たようなものだと思った。

ボスのギルガがすごい形相で一歩、前へ出た。

「妙な格好をしているだけあるな。どうせ裕福な家庭で生まれたお嬢ちゃんだろ？　この世はな、弱肉強食なんだよ。偉い奴らがそうしたんだからな。現に王族はどうだ？　血筋だけでいつまでもふんぞり返っていやがる。貧しい連中のことなんか考えやしねぇ」

「ギルガさんの言う通りさ。だから俺達は国を作り変える。だから無能な連中には引退してもらうのさ」

「それにお前ら、俺達のスキルを知らないんだろう？　だから調子に乗れるんだよ」

革命はいつもインテリが始めるけど、夢みたいな目標を持ってやるからいつも過激なことしかやらない。なんて誰の言葉だったかな？　この人達はインテリには見えないけど。

「スキル、ね。だったら私は魔法だよ」

「魔法？　オイオイ！　マジか、このガキ！」

「魔法なんていつの時代だよ！　俺のじいさんが言ってたぜ！　魔法なんてクソ複雑で非効率！　おまけに魔道士を名乗ってた連中は選民思想が強すぎたってな！」

「だから使われなくなって淘汰されたんだろうなぁ！　王族もそうなるぜ！　ヒャハハハハ！」

「昔、物置にあった魔道書ってのを読んだけどよ！　マジで意味わかんなくて投げたわ！　ギャハハハハハハハッ！」

盗賊達が大笑いする中、私の怒りが高まっていく。私がメイアー様の下で百年もかけて学んだことは何も魔法の強さだけじゃない。

魔法の面白さ、美しさ。メイアー様は私にそれを教えてくれた。魔法への侮辱はメイアー様への侮辱だ。

「何も知らないくせに、薄っぺらい部分だけですべてを知った気になる。いいよ、かかってきなさい」

「あはっ……あー、笑いすぎて腹いてぇ。野郎どもッ！　行けよッ！」

「オオォォーーッ！」

ボスの側近が大声を張り上げると、手下達の声量が上がった。これがスキルの【鼓舞】か。

そして盗賊達があらゆるスキルを繰り出してくる。

「竜閃突きッ！」

「グランドビートッ！」

「爆撃拳ッ！」

一直線に大木をぶち抜いて、地平の彼方まで届きそうな槍スキルの【竜閃尽き】。

大地震みたいな揺れを引き起こすハンマーのスキルの【グランドビート】。

大岩さえも粉砕する拳の嵐、素手スキルの【爆撃拳】。

私はこれらをすべて魔法で防ぐことにした。

地魔法マッドウォール。

槍スキルは底なし沼のような壁に埋もれて停止、拳も同じだ。大地を揺らしたグランドビートは宙に浮いて回避。

「なっ⁉　手、手が抜けねぇ！」

「俺の槍もだ！　クソォッ！」

「たった一つの魔法で二つのスキルが封じられちゃったね」

正確にはすべてだ。そしてすかさず二つ目の魔法を放つ。

地魔法マッドプール。盗賊達の足元に広まったこれは、地面を柔らかくして敵を沈めて拘束する。腰まで埋まってしまった盗賊達があがいていた。

「ギ、ギルガさん！」

「こんなものッ！　スキル【イラプションブレード】でッ！　これならまとめて吹き飛ばせるッ！」

ギルガが大剣を振るって、大地に突き立てた。爆破で地面ごと吹き飛ばすスキルかな？

だけど粘土化した地面に大剣の刺さりが悪く、スキルの威力がほとんど出ない。

「なぁ!?　チキショウッ！」

「ちなみにスキルと違って、もっとアレンジできるんだよ」

「ウ、ウソだぁ！　これは何かのスキルだ！　そうに決まってる！」

私が微笑みかけると、ギルガ達が青ざめていく。

地属性魔法一つとっても、発想次第でいくらでも新魔法を作り出せるのが魅力だ。

「さてと、どうしようかな？」

「ま、待て！　話を聞いてくれ！　お前、俺達の仲間にならないか？」

「え、嫌だよ」

「王家の奴らはお前の力を利用しようとするだろう！　それだけの力があれば、なんだってできる！　だからこそ、王家打倒を志さないのが惜しいと思うだろ⁉」

「なんでもできるなら、あなた達に従う理由ないでしょ。もういいよ」

「いぎゃぁぁッ！」

ギルガ達をのみ込みつつあったマッドプールを魔力で硬質化させた。

つまりほんの少し圧力を加えて元の地面に戻したから、ギルガ達は押し潰される。ギルガ達は全員、地面に埋まったまま気絶していた。

やろうと思えば圧死させられたけど、こういう連中はきちんと裁かれてほしい。法の下で裁かれたほうが、きっとここで死ぬよりも後悔する羽目になる。

「さ、これで全部かな？」

「リ、リンネ。こいつら、どうやって引き抜くんだ？」

「普通にこうやって……」

再びマッドプールで泥化してから、全員を風魔法で運ぶようにしてするりと抜く。

一列に盗賊達を並べて置いてから一人ずつホールドで無力化した。

「そ、想像以上だ」

「化け物じゃないか……」

私を疑っていた冒険者達に信じてもらえたのはいいけど化け物は心外だ。かつての魔道士だってこのくらいはやったはず。

だってメイアー様が言う通り、私みたいな未熟者でもここまでできるんだからさ。

6話　カダの村の復興

盗賊討伐での活躍が評価されて、私は六級から一気に四級へと昇級した。

四級となれば同じ仕事でも貰える報酬が増える。この町に来た時より、私の懐事情はかなり改善された。

もちろん、いきなり飛び級したわけじゃない。盗賊討伐以降、町長とゲール支部長が何かと私に仕事を持ち込んでくれたおかげだ。

あれもこれもと忙しい毎日だけど、成果の分だけお金が貰えるのは気持ちがいい。

そんな風に一ヵ月ほど過ごしたある日、今日も町長が私に依頼を回してくれた。

依頼内容は災害の被害にあった村への救援物資の運送及び護衛、現地での救助活動だ。

この町から西にあるカダの村が川の増水により、家屋や田畑が大打撃を受けたらしい。そういうことなら快く引き受けましょう。

「それでノルーアも引き受けたの？」

「へへっ、四級のお前に回ってくるような依頼はこの私にも回ってくるのさ。舐めるなよ、後輩」

「恐れ入りました、先輩」

そんな訳でノルーアと共に救援物資を積んだ馬車を護衛している。

道中、特に魔物が襲ってくることもなくて少し拍子抜けだ。まぁ安全で何より。ということで四日ほどの旅路を経て、無事カダの村に到着。

現地は想像以上にひどかった。家屋がほとんど原形をとどめてなくて、村人達や冒険者達が汗まみれになって泥撤去を進めている。

「こんにちは！　救援物資を届けに来ました！」

「おぉ！　助かる！　こっちへ運んでくれ！」

復興を手伝っている冒険者のリーダーが指示してくれる。私達が荷物を馬車から降ろしていると、リーダーが顔を見つめてきた。

「君、もしかして盗賊殺しのリンネか？」

「いえ、そんな異名は持ってなかったはずです」

「ということはリンネか！　こりゃ心強い！　ささっ、こっちへ！」

そもそも殺してないからね。

リーダーに強引に連れられて、私達はさっそく復興作業を手伝う。まず私達は家の泥撤去作業と立て直しをすることにした。

　倒壊して流された家屋が多いから、村人には急造した小屋に住んでもらっている。作業している冒険者のところへ行って、私は魔法を使った。

「ひどい泥ですね……。フレッシュウォーター！」

「み、水が⁉」

「落ち着いてください。泥だけ流れます」

　水が家中に張り付くようにしてから流れた後、みるみる綺麗になっていく。きちんと水気もとって、災害前の状況と変わらない仕上がりだ。

「すげぇ……！　これがドラゴンキラーの力！」

「なんでまた異名が増えてるの」

　うん、たぶん竜の通り道のせいだ。

　構ってられないから、私は次々と残っている家屋の泥をフレッシュウォーターで除去した。

　被害が少ない家は一通り綺麗になったけど、倒壊して流された家屋の多くはそのままだ。ここで私は考えた。果たして復興するだけでいいのかな？

　村の生活基盤となる水は、川から引っ張っているみたいだ。それがこの世界の村の暮らしとしては標準なのかもしれない。

　だけどここには誰がいる？　私だ。

「今から村を新しく作ります」

「へ？」

クエスチョンマークを頭に浮かべた作業中の冒険者達。

ひとまず出てもらってから、私はまず災害で家が壊れないように住居の壁を強化することにした。

今ここにある家を壊すわけにもいかないので、地属性魔法で魔石を生成して壁を張り替える。魔石により防音、防火、防水。断熱効果が付与された壁だ。

メイアー様の下で読んだ本によれば、この世界には魔石というものがある。

様々な効果を持った魔石で、使い方次第では人々の暮らしを豊かにすると書いてあった。

家の壁に続いて、火魔石を使ってキッチンを生成。蛇口をひねれば水魔石から生み出される水が出てきて、排水は地下に作った下水道に流す。

下水道には浄化の魔石を設置して排水を綺麗にしてから、近くの川に流す仕組みだ。

という訳で下水道作りのために、私は穴を掘った。治水作業なんてやったことがないけど、今の私には魔道士としての知識がある。

魔法理論を中心に考えて行けば、どうすればいいのかよくわかった。

特に魔石、これが魔力を含む石となれば私の領分だ。魔力や魔法となればお任せあれ。

「おい、ノルーア。リンネの奴、何をしようとしてるんだ？」

「さぁ？」

外で冒険者達がヒソヒソしていた。

硬い地盤を光属性魔法のビームで貫通させてから、耐水効果がある魔石でパイプを作る。それを各家に繋いで、流れてきた排水が下水道の浄化の魔石で処理できれば完成だ。

私が下水道作りをしている間、皆は食事作りと瓦礫や土砂の撤去を担当している。役割分担をして、復興作業に勤しむ日々が過ぎていく。

＊＊＊

「おーい！　リンネ！　聞こえるかー！」

「はい、聞こえてるよ」

地下にいる私にノルーアが地上から声をかけてくる。地上に上がると、村人達が私にお礼を言いたいということだった。

「あんたのおかげで寒い思いをせずに眠れるようになった！」

「今年は誰も死なずに冬を越せそうだねぇ」

「食事も共同炊事場を使わなくていいんだものな！」

村長を始めとした村の人達が口々に感謝してくれた。一時期はどんよりしていたみたいだけど、元気になってくれてよかったな。

それからまた数日程、下水道工事のために地下に籠った。水回りさえ整備できれば、生活は激変するはず。

その思いで私は日夜、工事に励んだ。そして——。

「すごいな！　リンネ！　この村も蛇口をひねれば水が出る！」

「トイレも勝手に流れるようになってる！」

「ふ、風呂もある⁉　魔道士って何でもできるのか！」

「いやいや、まだ未熟な身だからね」

メイアー様なら、きっとダメ出しすると思う。

それはともかく、時間がかかったけどなんとか完成。連日のように地下にいたから、もぐらになった気分だ。

家々の修繕を終えたところで、私も村人への食事を作ることにした。

いわゆる配給というやつなんだけど、これがなぜか私のところに並ぶ人達が多い。

男性率が高めの列で、並んでいるおじさんが露骨にニヤニヤしていてついに奥さんに怒られていた。

「あんたぁ！　そんなに若い子がいいのかい！」

「違うんだよ、母ちゃん！　リンネちゃんのご飯は元気が出るんだよ！」

「若いからだろ！　こっちはしおれたババアで悪かったね！」

「ひぃぃぃぃ！」

おじさんがおばさんにバシバシと叩かれている。どこの家庭も大変なんだね。うん。

考えようによっては、私は百歳超えのおばあちゃんかもしれないけどね。

他人の家庭は置いておいて、明日からは防波堤を作ろうかと思っている。また川の増水で被害が出るかもしれないからね。

それと、水魔石を使えばどんな状況でも水量をコントロールできるはず。元々、水魔石は一部の地域で水害から身を守るために使われていたという逸話がある。

防波堤、というのは大袈裟だけど川の周辺の工事をしよう。地魔法でいわゆる河川敷を作って、水量が増えても安全にする。

工事の最中、冒険者達は周辺の魔物討伐を行っているみたいだ。

この川にいてもノルーアの雄叫(おたけ)びみたいなのが聞こえる。それ張り切り過ぎて逆に魔物を呼び寄せてない？

「リンネさん、今度は何をやってるんだ？　土が盛り上がってる……」

「川が氾濫しないようにしてくれているんだってよ」

「ワシらのためにそこまで……」

余裕ができたのか、村人達がたまに見に来るようになった。

ズゴゴと土がまとめられて動く様子に声を上げている。川の両側に地魔法で土を盛ってからブロックで固めた。

これによって村と川を隔てる河川敷ができて、村は見違えるように変わった。もう水害に脅かされる心配もないと思う。

ここまで一ヵ月、意外と早く完成できたかな？

メイアー様から見れば、まだまだかもしれないけどね。

「リ、リンネ。こりゃすごいな」

「ノルーア、お帰り。これで水害に怯えなくてもすむよ。それに水そのものは各家庭で賄えるようになったからね」

「リンネ。お前は偉いよ。力があっても、ここまでやる奴なんてあまりいないだろうからな。こういう僻地の村だと、国の支援が行き届いてなかったりするんだ。後回しにされていたり、見て見ぬふりをされていたりな」

ノルーアからリアルな国の事情を聞かされてしまった。

私がこの村に来てから二ヵ月、復興どころか完全に生まれ変わった村があった。

村人達は水害に怯えなくていいし、何なら工事のついでに村の周囲に塀を設置することで魔物の侵入も防げるようにしたからね。

塀は世界一、硬いと言われているオリハルコンと呼ばれる鉱石で作られている。

この辺の魔物なら絶対に越えられないし、破壊できない。門を設置して、内側からの扉の開閉も自由だ。

これで村の復興は完了、依頼達成だからこの村を離れる時がきた。

最終日、村人達が集まって私達に頭を下げた。

「ありがとう。あんた達がいなかったら今頃、ワシらは死んでいたかもしれん。この恩は一生、忘れませんぞ……う、うっ……」

「特にリンネ！　あんたは聖女だ！」

「聖女様、またいつかこの村にいらっしゃってください！　その時は今より発展した姿をお見せします！」

いきなり聖女と崇められて私は困惑した。特にお年寄りの人達が跪いて祈っている。

「リンネー！　顔が赤いぞー？」

「あ、赤くないっ！」

ノルーアが指で頬をつっついてくる。たまらなく恥ずかしくなって顔を逸らすと、周囲の冒険者達に笑われた。

別に聖女と言われたくて助けたわけじゃないし？

ただ困っている人を見捨てられなかっただけだ。前世と違って助ける力があるし、つい体が動いちゃった。

だから決して私が慈愛の聖女だとか、そういうのじゃない。いや、慈愛まで言ってないか。

「あんたらの努力に報いるためにも、ワシら村の者一同は一生懸命に働こう」

「そう言っていただけると安心します。これから村を作っていくのはあなた達ですから」

「フォッフォッフォ……。今ではすっかりあんたがリーダーじゃな」

ここに来た時に私達に指示した冒険者のリーダーは、別の役割を担っていた。

私達がいなくなっても、村人達は村を維持して守り続けなきゃいけない。次に何かがあった時、私達がそこにいる確率は限りなく低いから。

だからその時のために、冒険者達が村の若い人達に戦いの手ほどきをやっていたのは知っていた。

復興だけなら私一人で何とかなったかもしれない。でもその先を歩けるようにしてくれたのは冒険者達だ。

「じゃあ、またなー！」

「達者でなー！」

手を振って別れを済ませた後、私は馬車の中で眠りたくなってきた。

二ヵ月ほど過ごしただけだったけど、少し寂しい。助かったのは村だけじゃない。

復興予定の日程が縮まったおかげで、冒険者達も生活や行動に余裕ができたみたいだ。

一つの村が救われたことなんて国からしたら大したことないかもしれない。

でもこれこそが冒険者の本懐だと思うし、できれば感謝してほしいかな。少数とはいえ、生きることができた人達がいたんだから。と思いつつ、私は眠りに落ちた。

4章　精霊祭

1話　精霊の怒り

カダの村から帰ってきてから、私は数日ほどリラックスした日々を過ごしていた。赤竜亭で食事を楽しんだり、散歩して食べ歩いたり、昼寝したり。

後は魔法の練習だ。といっても実は訓練場を出入り禁止にされているから、野外に出てこっそりやっているのだけど。

ゲール支部長曰く、訓練場の壁を壊した件については一応の体裁だけでも示さないといけないらしい。

「今度、うまい依頼を紹介してやるからよ。なっ？」

餌付けされてるみたいでアレだけどしょうがない。大人の事情というのはどこの世界にもあるから納得するしかなかった。

他にやる事と言えば調べものだ。何せ私はこの世界についてほとんど何も知らない。この国の歴史、町や領地、風土、慣習。

本屋に通おうかと思ったけどノルーアに相談したら、町長に頼めばいいと提案してくれた。町長の家を訪ねると、私の家ならそういう本がたくさんあるということで、快く引き受けてくれた。

更に本を読むための部屋まで与えてくれて、私は町長の書斎にある本を片っ端から読み漁る毎日だ。

「勤勉だね。ドリンクはどうだ？」

「ちょ、町長。ありがとうございます……」

匂いがすでに甘ったるい。それに加えて砂糖まで添えてあるんだから生半可な拘りじゃない。あれでいて最近はダイエットしているらしく、飲むだけで痩せるドリンクセットを購入したらしい。

どこの世界にも、そういうものに踊らされる人がいるのかと悲しくなった。そういう人に限って暴飲暴食は止めないから絶対に痩せない。

そんな日々の中、本を読みふけっている私のところに町長が依頼を持ってきた。

なんでもここ最近、山から下りて来る魔物が多いらしい。それに伴って隊商なんかが襲われて被害件数が増えているみたいだ。更には山狩りに向かった冒険者が大怪我をして帰ってきたり、行方不明になったりする事態も起こっているとか。

調べものは午前中で切り上げて、早急に山に向かった私は少し違和感を覚える。

「確かに少し山がざわついてるなぁ……」

肌で感じるというか、単に山の魔物が増えたというわけじゃない気がした。正確には山から逃げ出す魔物が多い。そう思ったのは、異常なまでに強い魔力を感じるからだ。それも永遠の魔宮にいてもおかしくないような強い魔力となれば、急ぐ必要がある。

風魔法ブーストでかっ飛ばして、魔力の発生源に向かった。見えてきたのは数人の冒険者達と対峙する何か。

冒険者の一人はすでに倒れていて、残っている仲間も武器を持って構えているのがやっとだ。

「皆さん！」

「え！　お、お前、確かリンネ！　来てくれたのか！」

「もうすっかり有名人！　それより離れてください！　そこの倒れてる方は……ヒール！」

倒れている冒険者は瀕死の重傷だったけど、ギリギリの回復魔法でなんとか助かった。

あと数分ほど遅れていたら手遅れだったかもしれない。

この人達は三級冒険者パーティ。冒険者ギルドでよく見たメンツだから知っていた。

特にノルーアが認める数少ない実力者と聞いていた青髪の男性ヒュウは、単独でのネームドモンスター討伐の実績がある。

私が急いで割って入った理由は、そこにいる敵が冒険者達にとってあまりに強大すぎる相手だからだ。

冒険者達が戦っていた相手は水で形作られた女性のような姿で、水面がゆらゆらと揺れている。もちろん人じゃない。その正体は水の精霊だ。

「き、気をつけろ……。あいつ、俺達のスキルが一切通用しない……」

「水そのものと戦っているようなんだ……」

冒険者達が言うように、それは水の化身といってもいい。精霊は万物を司る存在で、太古の昔から存在する。

特に年季が入った場所には精霊が宿ることもあり、土地や物の状態が末永く保たれることが多い。

先に精霊が存在していたのか、精霊が後から宿ったか。それは定かじゃないらしくて、謎も多いみたい。

いずれにせよ原初の存在とも言われているだけあって、本来は疎かにしていいものじゃない。精霊が怒れば天変地異だって起こるし、人は昔からそうならないように精霊に寄り添って暮らしてきた歴史がある。と、メイアー様の家で学んだ。

今、この水の精霊は明らかに怒っている。山の魔物が逃げる理由はこれで間違いない。

山が荒れるということは精霊が怒っている。もちろんどこにでも精霊がいるわけじゃないけど、だからこそ精霊がいる場所は大切にしなきゃいけない。

「大切にされなくて怒ってるの？」

「ウ、ウ、ウウウウゥゥゥゥッ！」

水の精霊が両手を振りかざすと、山頂の奥から津波がやって来る。山で津波。当然だけど草木をのみ込みながら迫ってきた。ウッソでしょ？

「ウォーター」

甘く見ないで。水には水だ。水を操って迫る津波を分裂させるように割いた。その後、なおも山の麓に向けて流れる津波を操って空中へと押し上げる。

L字形の軌跡を描いた水の流れは空でまとまった後、霧状になって蒸発した。あの津波が麓まで流れたら大変なことになる。

「オ、マエ……！」

「水のコントロールもできない魔道士なんかいないよ」

「マドウ、シ……」

「魔力がないと多くの精霊を視認できない。あなたのように自分の意思で姿を現わせる精霊もいるみたいだけどね」

この水の精霊には少し教育が必要だ。水の精霊の周囲を高温の火球で囲む。このまま本気を出せば、水の精霊は蒸発しかねない。

「ア、アァァ……」

「このままだとあなたは蒸発するよ。嫌なら話を聞いてほしい」

水の精霊は黙ったままだけど、火球に辟易するように両手をだらりと下げた。

「スキル社会になった弊害で、魔力を持った人がいなくなった。そしてあなた達のような精霊が忘れ去られてしまった。だから怒ってるんでしょ？」

水の精霊は答えない。

アカラムの町では昔、精霊を信仰する祭りがあったと町長の家で読んだ歴史の本に書かれていた。だから昔は精霊もおとなしかったけど、最近は祭りすらやってないものだから荒れ狂っていると予想した。

精霊が怒れば魔物が怯えて、山から逃げ出そうとする。魔物が人里を襲うことが多くなるのは必然だった。

今にして思えばカダの村の水害も、この精霊の怒りが原因の可能性がある。

「私もあなたを滅ぼすのは本意じゃない。だからチャンスがほしいの」

「ウ、ウ……」

「私がアカラムの町の人達に精霊のことを教えてあげる。感謝の気持ちを持ってもらえたら満足する？」

「マドウシ……ソレハ……」

やっぱり私が魔道士と名乗ったことに反応している。

昔は当たり前のように魔道士がいて、精霊とも交流する人が多かったのかもしれない。実は見えないだけで、この水の精霊以外にもたくさん精霊がいる。

大小様々だけど、精霊達が私達を囲んでいた。冒険者達には見えていない。

「リンネ、一体何の話をしているんだ？　その化け物に止めを刺さないのか？」

「精霊は化け物じゃないよ。少し面倒なだけ」

あんな力を見せつけられた後で言っても説得力なんてないか。

ノルーアとほぼ互角のヒュウが逃げ腰だし、他の人達も完全に戦意を失っている。

「よかったらアカラムの町に来て。そして私にあなた達への信仰をとり戻す手助けをさせてほしい」

「……ワカッタ」

「ありがとう。他の精霊達もよかったら来てね」

水の精霊が空中に溶け込むようにして消えた。同時に私も火球を消していく。

交渉というより、ほとんど脅しみたいなものだけど間違ってないはず。

まともなやり方で決着をつけられるような相手じゃない。人の理屈が通用しにくい精霊には、やっぱり力を見せつけるという原始的なやり方が一番だ。

周囲にいた精霊達は未だにふわふわと漂っている。

「リンネ、終わったのか？」

「うん。これから少し忙しくなると思う」

私はヒュウ達に精霊について教えた。一から順を追って魔法や魔力、精霊のこと。今の人間達がいかに感謝を忘れているか。何せ精霊達に守られてきた歴史があるからね。

2話　精霊への理解

すべての説明を聞いたヒュウ達だったけど、すぐに頷かなかった。それは当然だと思う。精霊と知らなければ、魔物だと思っても不思議じゃない。

ましてや、あれだけの圧倒的な暴力を見せつけられたらね。だから少しずつわかってもらうつもりだ。それを考えれば、まだ被害が拡大する前でよかったと思う。

アカラムの町に帰って来てから、私はまず町長の元に向かった。町長に一連の出来事を話すと、顔色が曇った。

「うーむ……。事情はわかった。にわかには信じがたいな」

「わかります。もちろん、いきなり町長や他の方々にわかっていただくのは難しいです。そこで一つ、提案があります」

「ほう、何かね？」

「お祭りをやりましょう」

町長の目つきが変わった。第一段階クリアかな？　私も正直に言って、これでうまくいくとは言い切れない。

　でも精霊をまったく知らない人達に知ってもらうには、まずハードルを下げるしかないと思った。

「まさか精霊の祭りかい？」

「はい、ただし堅苦しいものではありません。露店を出して、盛り上がるんです」

「ん？　どういうことだ？」

　やっぱり町長はそういう祭りに詳しくないのか。

　露店を出して色々なものを売るという、町の活性化や催しといった意味でのお祭りは知らなかったみたいだ。

　これを説明して果たして受け入れられるのか。これが第二段階だ。

「精霊祭（せいれいさい）。まずはこういった名前のお祭りを開催するんです。形から入るってやつですね」

「それで精霊というものに興味を持ってもらうわけか」

「精霊ってなに？　と、疑問を持っていただくことに意味があります」

「それはわかるが、露店とは？」

　町長に露店の概念なんかを説明してみた。すると町長もまんざらじゃない様子で聞き入っている。いい感触です。

　町長に納得してもらえれば、後は皆もついてくる。この人は町の人からも人気だからね。

お祭りなら精霊抜きでも町の利益になる。これで新たな文化が生まれてくれるかもしれない。

町長が激甘ドリンクを飲みながら顎を撫でる。

「君がここまで熱心になるほどの事態だ。魔法という特異な力を持つ者だからこそ、わかることがあるんだろうね」

「魔法は今や忘れられた力のようですが、他にも忘れられたことが多いように思えます。精霊と対話して、それを実感しました」

「……ん、ちょっと待ってほしい」

町長が何かを思い出したように席を立ち、本棚から何かの本を探している。やっと見つけた本を持ってきて、タイトルを指した。

「これは？」

「この町……いや。この地域の歴史をまとめた本だよ。私も若い頃に読んだ記憶があってね。確かこの中に……あった」

「精霊信仰の祭り……。やっぱり過去には精霊を祭っていたんですね」

「恥ずかしながら、私も今の今まで忘れていた。もうこれを知っているのは一部のお年寄りくらいだろう」

本には精霊祭の様子や精霊の姿が書かれていた。

魔道士らしき人間が描かれていて、当時の様子が朧気ながら想像できる。昔は精霊術士と呼ばれる精霊を迎え入れる魔道士がいて、祭りをとり仕切っていたらしい。それがいつしか血筋が途絶えて、もうこの町に魔道士なんていなくなった。

この本をパラパラめくると、段々とアイディアが思いつく。

「町長。祭りの案、一つ思いつきました」

「ほう？」

前のめりになった町長に私は精霊祭でやることを話した。

＊＊＊

町長が納得してくれて、精霊祭の開催が決定した。

そこで私はまずお世話になっている宿の夫婦に祭りの件を話した。近いうちに町長からも正式に町の人に発表するだろうし、一足先に準備をしておく。

話を聞いた宿の夫婦はもちろん、ノルーアも大はしゃぎだ。

「それワクワクするなっ！　要するにメシ食い放題なんだろ？」

「語弊がたっぷりあるけど、楽しいのは間違いないよ」

「私は何をすればいい？」

「宿の夫婦も露店を出すから、手伝ってくれる？」

さて、私も大忙しだ。これから町長と一緒に町の人達に祭りの説明をした後、各店に露店の概要を伝えなきゃいけない。

翌日、町長からの突然の発表に町中がざわつく。なんだそれ、みたいな反応になるのはしょうがない。

そこで私は野外でのお店の出し方などを意欲がある各店に指導した。衛生面なんかは私の魔法でなんとかなるし、必要な道具は私が魔法で作り出せばいい。だけど、露店のアイディアは各店が出すことになっている。

その結果、赤竜亭はブラストボアの串焼きをやることにしたみたいだ。私達が調達してきた巨大ブラストボアの肉があるから確かにちょうどいいかも。

他にもカフェはドリンク店など。その際にすべての商品名に精霊と名付けることをお願いした。

たとえば飲み物なら精霊ドリンクと名前をつけてもらう。別に商品とは何の関係もないけど、皆に精霊というワードを知ってもらうのが狙いだ。

張り切り過ぎた赤竜亭のオーナーであるザムザさんは次々と商品名を出してくれるけど——。

「黒魔女！　ブラストボアの精霊串焼きなんてどうだ！」

「語弊満載なので別名でお願いします」

こうしてダメ出しの結果、火の精霊の加護焼きに決定した。

連日、各店への指導でさすがに疲れが出てくる。永遠の魔宮の時はこんなに疲れなかったのに、やっぱりまだまだ未熟だと痛感するなぁ。

重い腰を上げて、私は自分のアイディアを実現することにした。紙とペンを生成して、サラサラっと絵を描いてみる。

「久しぶりだから腕が鈍ったなぁ」

私が描いたのは精霊の絵だ。あの水の精霊以外は誰も見ることができないから、私が絵にして見せてあげることにした。

前世で会社に就職する前はよく絵を描いていたので絵心はあると自負している。これでもSNSやイラストサイトでの評価はそれなりに高かった。ただし、仕事にできるほどじゃない。

しかも今回はただ絵にするだけじゃない。精霊の顔を紙からくり抜いて大きさを合わせて、と。完成したのはお面だ。これを子ども達に被ってもらえば喜んでもらえるはず。

知識がなくて純粋な分、大人達よりも子ども達のほうが精霊達に馴染みを持ってくれると信じている。

自分で作ってみて何だけど、我ながらいいクオリティだ。

火の精霊、水の精霊、風の精霊、地の精霊。それぞれの顔をお面にして並べてみると、うん。かわいい。

なんて宿の食堂で自画自賛していると突然、頬がヒヤッとした。

「ひゃんっ!? ノルーア？」

「そこのカフェで作ってるドリンクの試作品だってよ。冷たくてうまいぜ」

ドリンクを頬に当てられたのか。貰って飲んでみると、ほどよい酸味と冷たさが喉を通った。

「おいしい……」

「皆、戸惑いながらもがんばってるよ。特にお前には感謝してるってさ。これが成功すれば、アカラムの町の知名度は一気に上がるからな」

「感謝……私に……」

「がんばるのはいいけど、根詰めすぎるなよ？　ところでそれは？」

ノルーアが精霊のお面を指す。私が被ってみせると、プッと噴き出した。

「なにがおかしいのさ」

「い、いや……。魔道士ってそういうかわいいことも思いつくんだなって思ってさ」

「魔道士は関係ないでしょ」

「す、すまん。でもいいアイディアだと思うぜ？　私にも一つ、くれないか？」

「ノルーアが？」

「かわいいものはかわいい。大人でもほしがる奴はいると思うぞ？」

魔物を口汚く罵って徹底して殺すノルーアとしては意外な趣味だ。

それより私の絵を褒めてもらえたのが地味に嬉しい。ノルーアが火の精霊のお面をつけて、額にずらした。

　ところがそこでふと鏡を見て突然、顔を逸らしてしまう。

「な、なんか恥ずかしいな……これ」

「だから言ったでしょ……」

　そう言いつつ、お面は外さなかった。

　ドリンクを飲みながら、私は大人用のサイズも作ろうと決心する。精霊は視認できれば親しみがわきやすい容姿だから需要があると思う。ノルーアはお面をつけたまま、食堂の椅子に座った。

「こんなにワクワクするのは久しぶりだよ。戦いだとか血生臭いことばかりやってたからなぁ」

「他にもそんな人達が多いから、たまには楽しんでほしいね」

「リンネ、お前は不思議な奴だ。フラッとやって来て、こんなすげぇことをやろうとしてるんだからな」

「そ、そうかな？」

　面と向かってすげぇことなんて言われて戸惑った。ずっと後ろ向きな人生だったから、急に褒められることに未だに慣れない。

　少し気まずくなった時、宿の夫婦がやって来た。

「リンネちゃん。今から試作品を作るから指導をよろしく頼むよ」

「はーい！」

食堂の厨房に行って、私は兼ねてから相談していた料理作りを手伝う。そう、精霊祭でこの宿が露店で出す料理だ。

興味を持ったノルーアがひょこっとやって来て覗く。

「リ、リンネ。なんだよ、それ……吐いたのか？」

「そう見えるのもしょうがないけど、これは料理だよ。お好み焼きっていうの」

「オコノミヤキ？」

「そう。お祭りといえばこれだよ」

これかどうかは知らないけど、そこは単なる私の趣向だ。

他に用意したのはたこ焼きと綿あめなど、祭りのド定番商品の目白押し。

私はこの祭りをもってアカラムの町にこれらを布教する。皆には悪いけどお世話になった宿だからね。差をつけさせていただきます。

3話　町の出店

精霊祭の準備に二ヵ月、手間どっていた他の店も出店直前までこぎつけていた。

アカラムの町の通りには多くの露店が立ち並んで、準備のためにいそいそと店員達が動いている。

あっちはドリンク店であっちは赤竜亭の串焼き店。そこそこ離れているのにここからでも赤竜亭のオーナーであるザムザさんの声が聞こえてくる。

「てめぇ、菓子屋のアイマン！　なんでうちの近くに露店を出してんだよ！」

「なぁにを！　このザムザァ！　年中、油臭ぇ飯屋がほざくな！」

「てめぇこそ、甘ったるい臭気が鼻につくんだよ！」

「あぁん！　てめぇ……ここで決着をつけてやらぁッ！」

ザムザさんと菓子屋のアイマンさんが互いに接近して胸倉を掴む。

別の方法で決着をつけようとしているから、私が飛んでいって二人の頭を掴んでごっつんこした。

「いってぇぇ！」

「あぐぐ……」

「はい、そこまで。揉め事は厳禁だよ」

ザムザさんとアイマンさんが頭をさすっている。目が覚めたのか、二人はきちんと頭を下げてきた。

「すまねぇ、黒魔女。それにしても怪力だな……」

「あぁ、うちにほしいくらいだ」

「あ？　アイマン、軟弱な菓子屋に黒魔女はもったいねぇ」

「はぁ？　あんなかわいい子に油まみれの厨房なんて似合うわけ……いってぇぇ！」

再戦をおっぱじめようとしたから、二度目のごっつんこだ。

この二人、店が近いせいで昔からやたらと張り合っているらしい。定食屋と菓子屋じゃ競合しないのによくやるよ。

「祭りでこんな騒ぎを起こしたら、こんなものじゃすまないからね」

「わ、わかった。今度こそ反省する」

「俺もだ……」

これにて一件落着。決して順風満帆とは言わないけど精霊祭の準備が整いつつある。

それに伴ってここ最近、町に来る人達が増えた。商人や冒険者だけじゃなく、一般の人達も多くいる。

道中、魔物に襲われる危険性もあるわけだから護衛役の冒険者が儲かっているとノルーアが言っていた。

精霊祭の噂は隣町にまで届いているらしく、多くの人達が今か今かと開催を待ちわびているみたいだ。

それは嬉しいことなんだけど、宿が常に満室になるようになった。私の隣の部屋に泊まった冒険者のいびきが災害級にひどい。

ついに防音の結界を張っちゃったけど、ここまでするなら外にコテージを作ったほうがいいんじゃ？

と思うけどあの宿の居心地がいいし、今になって出ていくのは気まずい。

利便性抜きにして、私は宿の夫婦が純粋に好きだから泊まっている。だからめげるわけにはいかない。

結界のおかげで快適な朝を迎えた私は精霊祭に向けて、露店の総仕上げにとりかかることにした。

「おじさん、おばさん。おはようございます」

「おはよう。夕べはよく眠れなかったようだね。すまないね」

「あ、いえ。そこはクリアしました。それより滞りはないですか？」

「あぁ、最初は苦労したけど、うまく焼けるようになったよ。この通りさ」

宿の主人が焼いたお好み焼きを一口、食べる。うん。ふんわりと熱々、肉と野菜の味が程よい。

これなら問題ないとして、私はソースとマヨネーズ、青のりを生成した。

「これは？」

「かけて食べてください」

「な、なんだか極端な色だね。本当に大丈夫なのかい？」

る。

「信じてください」
ソースの黒々とした色合いとマヨネーズのねちゃっとした質感に、宿の夫婦は少し引いてい

二人が躊躇していると、ノルーアがひょいっと割って入ってきてソースとマヨネーズをたっぷりとかけて食べた。

まったく警戒しないのも、それはそれでどうかなと思う。ていうか、かけすぎ！　渦を描いて山になってるよ！

「んーーー！　これ、いけるぜ！」
「それもうソースとマヨネーズの味しかしないよね」
「生き方も食べ方も自分次第、だろ？」
「いい感じのセリフで正当化したね」

ソースとマヨネーズに舌鼓を打ってる子は放っておいて、私はたこ焼きの味見をすることにした。

熱々のたこ焼きを一つだけ食べると、うん、おいしい。これだよ、これ。

私が作ったのは専用の機械だけで、食材なんかはほとんど仕入れたものだ。海がそう遠くないから海産物の仕入れが容易だし、実は前からたこ焼きは考えていた。

足りない食材があるなら、私が生成すればいいだけなんだけどね。

お好み焼きとたこ焼きときて、最後は綿あめだ。こっちは機械とザラメを生成して完成。作り方は単純だから苦労はしないはず。試しに作ってみると、これがね。

「ふわおいしいっ！　略してふわしい！」

「リンネ、それもうまいのか？　なんだこりゃ？」

「ノルーア、食べてみて」

「どれ……。ん？　なんだこれ！　甘い！　雲みたいなのに甘い！」

「ふわしいでしょ？」

「ふわしいな！」

いや、しかし。自分でもこれには驚く。

前世の私ならこんな機械を作れるわけないんだけど、今は知っているものなら大体は魔法で生成できる。

この世界に来てから、魔法を学ぶことによって魔法でほぼすべてを再現できた。

私ってすごい。と思ったけど、魔道士ならそれくらいできて当たり前だとあの師匠は言う。

じゃあ、師匠がやってみてくださいと言ったらものすごく怒られたなぁ。確かに無礼だった。

綿あめをもう一口、食べた時に誰かがやって来た。なんと、町長がものほしそうにこちらを見ている。あっ。

「町長。こちらの準備はほとんど整ってますよ。明日からの開催が楽しみですね」

「うむうむ。ところでその雲のようなものはなにかな？」

「あ、し、試食します？」

「いいのかね！　いやぁ！　悪いね！」

どう見ても最初からそのつもりだったでしょ。綿あめを一本渡すと、町長が幸せそうにかぶりつく。

「うん！　これは……うん！　至高の菓子だ！」

「なにぃ！　至高の菓子だとぉ！」

町長がぺろりと食べつくすと、菓子屋のアイマンさんが猛ダッシュで駆けつけてきた。

地獄耳すぎない？　アイマンさんは赤竜亭のオーナー、ザムザさんに負けず劣らず人相が悪い。圧に負けて綿あめを一本だけ差し出すと、かぶりついた。

「こ、これはッ！」

「な！　アイマン君！」

「町長、これは……お、俺の職人としての、プライドが！」

「だが認めるべきではないかね？　君もいっぱしの職人であればね」

なにこのやりとり。

アイマンさんが悔しさのあまり、地に膝をついて涙を流し始めた。いや、追い詰める気はなかったんだけど？　あの？

「リンネとか言ったな！　今回は俺の負けだ……だが！　次こそは俺が勝つ！」

「は、はい。どうか達者で……」

「うおぉぉぉぉーーーー！」

雄叫びと共にアイマンさんが自分の露店に帰っていった。まぁこれであの人が職人として成長するなら、綿あめを作った甲斐があったと思う。ふと気がつくと町長が両手持ちで綿あめを貪っていた。

「ちょっと！　町長！　食べすぎですよ！」

「あと一本……あと一本だから……」

「中毒者みたいなこと言わないでください！　ていうか誰がこんなに渡したの⁉」

「すまん」

犯人はノルーアだ。しかもこの子も両手持ちしているから完全なる共犯です。すまんと言いながら貪り食ってる。どいつもこいつも、まだ準備中だっていうのに羽目を外しすぎでしょ。

明日には精霊祭が始まるんだから、こんなことやってる場合じゃ――。

「クォラァァア！　てめぇ、誰にぶつかったと思ってんじゃぁぁ！」

人生においてそこまで怒ることある？　と言いたくなるような怒声が聞こえてきた。

次から次へと忙しいよ！　はい、何でしょうか！　と、駆け付けてみると冒険者らしき男三人が一般の男性に絡んでいた。

いわゆるチンピラ冒険者ね。はい、わかりました。そのチンピラが、一般男性の胸倉を掴んで恫喝（どうかつ）している。

「あ、謝ったじゃないですか……」

「あぁ⁉　てめぇ、俺達を誰だか知らねぇな？　一級冒険者パーティ【三刃狩ラス（さんばか）】と言えばわかんだろ！」

「さ、さんバカ……？」

「三刃狩ラスじゃあぁ！　俺達、三つの刃で狩る！　狩らすとカラスをかけてんのがわからんかぁ！」

「ひっ！　すみません！」

名前の由来まで説明するほどネーミングセンスに自信があるらしい。

あんなものを放置するわけにいかないから、ひとまず男性の前に割って入った。

もちろんノルーアも一緒で、真っ先にメンチを切ってる。コワイネ。

「お前ら、この町で好き勝手できると思うなよ？　あん？」

「なんだ、このアマ？」

「三刃狩ラス。知ってるぞ？　大した実績もないくせに威張り散らして、誰からもパーティに誘われなくなった三バカだろ？」

「はあぁぁ！　ちげーし！　俺達が相手にしてねーだけだし！」

子どもの口ゲンカみたいな反論だ。

それにしてもノルーア、こういう時は負けず劣らず柄が悪い。このくらいじゃないと女の身で冒険者なんて務まらないのかも？

「それとお前ら、本当は五級だろ？　等級詐称は冒険者ライセンスはく奪、つまり追放案件だって知ってたか？」

「は、はぁ！　俺達が詐称だとよ！　そんなわけねぇだろ！」

「とっとと出てけよ。どうせこの町なら暴れ放題とか思ってんだろ？」

「このクソアマがッ！」

チンピラの一人がノルーアに殴りかかるけどかすりもしない。

「手ぇ出したな？　じゃあ、私の番だッ！」

「ぐへあぁッ！」

ノルーアが反撃でチンピラの一人の頬に拳をめり込ませると、盛大に吹っ飛んでいった。

つよっ！　残りの二人が動揺した後、ついに武器を手にとる。

「このアマ……！　ぶっ殺してやる！」

「はい、そこまで」

「あ？　なん」

ダブルデコピンをチンピラ二人に当てた。

「ぐえッ！」

「あがっ！」

デコピンの威力でチンピラ二人が遥か遠くまで吹っ飛んでいった。道の奥で動かなくなったチンピラ二人が通行人達に見下ろされている。あれ？　この前より手加減したはずなんだけどな？

気がつけば野次馬が集まってきて、それなりの騒ぎになっている。

「あ、あれが魔道士の魔法か？」

「いや、物理攻撃にしか見えなかったが……」

「バカ！　そう見えるだけだ！　じゃなかったら人があんなに吹っ飛ぶか！」

どうしたものかなと私が迷っていると、ノルーアに殴り倒されたチンピラが起き上がった。よろけながらも、まだやる気だ。

「てめぇら、ク、クソが！　よくもやりやがったなッ！」

「はい、そこまでだね」

私じゃないよ。今度は町長が止めた。堂々とした態度でチンピラの一人を見据えている。

「今、君が体験したようにこの町には頼もしい者達がいる。無法者が幅を利かせられる場所ではないのだよ」

「このデブ、何様だ！」

「町長様だよ。もうすぐ衛兵がやって来るから、おとなしくするんだよ」

「え、衛兵……」

「私の町で暴れたことをたっぷりと後悔することになるだろうね」

「ひっ……！」

さっきまで緩んだ顔で綿あめを貪っていた町長とは思えない目力だ。

チンピラが怯んだところで、いつの間にか町長が呼んだ衛兵がやって来る。チンピラ達が武器をとり上げられて拘束されてから、どこかへ連れていかれた。町長が男性の手をとって立たせる。

「さて、怪我はないかね？」

「あ、ありがとうございます……」

さっきまで綿あめ中毒みたいになっていた人とは思えない。

町長に起こされた男性は、何やら顔をしかめて自分の手をしきりに確認していた。

「どうしたのかね？」

「い、いえ」

たぶん町長の手に綿あめがついていたんだと思いますよ。せっかくの空気がぶち壊しになるから言わないけどね。

まさか男性も、綿あめでべたついた手で触れたとは思ってないでしょう。さて、騒がしかったけどいよいよ明日は精霊祭の本番だ。

4話　精霊にありがとうを伝える

精霊祭の当日、早朝。

目が覚めると大忙しだ。何せ今日は私にとっても大切な日なんだから。宿の窓から外を眺めると、いた。

精霊達がそこら中に漂っていて、建物をすり抜けたりして自由な動きを見せていた。

とある精霊は道行く人の顔を覗き込んで、また他の精霊は開店前の露店をじーっと見つめている。

過去にあったかもしれないその光景に私は胸を高鳴らせた。

宿の露店へ向かい、夫婦に挨拶をしてから開催を待つ。そして――。

「本日は精霊祭！　飲んだり食べたり踊ったり！　今日は存分に羽目を外してくれたまえ！」

なんと町長自らが祭りの開催を宣言した。

それと同時に多くの露店に人が並ぶ。予想はしていたけど、ものすごい人の数だ。道がほとんど人で埋まっているし、子どもの迷子が心配になる。

私達の露店にもさっそく人が集まってきた。だけどあまり集客はよろしくない。

おそらくお好み焼きとたこ焼き、綿あめなんて未知の食べ物に興味を持つ人が多くないんだと思う。

こういう時、最初のお客さんが肝心だ。

「これおいしいの？」

「一口だけでも！」

「どれ……ん？　これは！　なんかわからないけどダイレクトな味わい！　おいしいぞ！」

一人のお客さんが騒ぐと、聞きつけた人達がやって来る。

よし、掴んだ。後は一気に勝負に出よう。ノルーアが息を吸ってから、大声で店の宣伝を始めた。

町中に響いてるんじゃないかってくらいの声量で、より人の注目を浴びる。

こっちの露店名は精霊の恵み焼き店。自然は精霊によって育まれていて、私達はその恩恵を受けているという意味から名付けた。

それからどれも飛ぶように売れて、私達は生産が追いつかなくなってきた。

「お好み焼き二つ！」

「たこ焼き二つにお好み焼き一つ！」

「綿あめ一つ！」

「こっちは綿あめ十本だ！」

きたきた。身体強化魔法でフル活動して、マルチタスクを必死にこなす。

これはなかなかきつい。次から次へと注文がくるし、改めてプロの料理人のすごさがわかった。ていうか町長、何してるんですか。十本ってあなた。そして突然、怒鳴り声が近くの露店から聞こえてくる。

「おぉい！　この店は客に害虫のキゴリブつきの食い物を提供するのかぁ⁉」

あれは赤竜亭の露店のほうだ。客らしき男が串焼きを掲げて、虫つきをアピールしている。

虫がかなり無理にくっついてるし、落とさないようにしてるのが滑稽だ。はぁ、また私の出番かな？

「こりゃ無料にしてもらわないと」

「おい」

「あん？　ぐぎゃぁぁッ！」

赤竜亭のオーナー、ザムザさんによる鉄拳がさく裂した。突然のことで混乱した客が頬を押さえている。

「下らねぇことしてんじゃねぇぞ。黒魔女の魔法のおかげで、そういう不潔なものはよりつかねぇんだよ」

「くろ、まじょ……？」

「せっかく精霊なんてありがてぇもんのおかげで楽しい祭りができてるんだ。邪魔するんならもう一発いくかぁ？」

「わ、悪かった！　謝る！」

筋骨隆々のザムザさんが拳を鳴らすと、男が必死に頭を下げた。冒険者にいそうな体つきの人だし、そりゃ怖いよね。

客には逆らうなと私に教えたオーナーがねぇ。誰かの影響かな？

どうなるかと思ったけど、客からは拍手喝采だ。男は腰が抜けたようにすごすごと逃げていった。

めでたし、めでたし。と言いたいところだけど、なぜか菓子屋のアイマンさんがいた。

「ハッ！　困ってるお前の姿を近くで見てやろうと思ったのによ」

「アイマン、暇なのか？」

「お前と違ってうちには優秀な弟子がいるんでね」

「なんだとぉ……」

睨み合いが少しの間だけ続いたけど、アイマンさんが先に踵（きびす）を返した。

「勝つのはうちの菓子屋だ」

去っていくアイマンさんをザムザさんは見送る。さっき客の男が大声で叫んだ時、アイマンさんがサッとやってきて握り拳を作っていたのを私は見ていた。ケンカするほどなんとやらだね。定食屋と菓子屋じゃ勝負も何もないと思うけど。

今度こそめでたし、めでたしといったところでようやくお面コーナーに子ども達が集まってきた。

「ねーねー！　これなーにー？」

「かわいいー？」

子ども達は並んでいるお面に興味津々だ。

実は、仕事をしている私達も額にずらして被っている。これの値段はほとんど無料みたいなもので、気軽に買ってもらいたかった。

親にねだった子ども達が、次々とお面を買ってもらってから被る。

「この青い女の子はだーれー？」

「それはね。水の精霊というんだよ。皆が飲んでいるおいしい水は、その子のおかげで綺麗になっているの」

「そーなんだぁ！　あ！　水の精霊だー！」

「え？」

子ども達が指したところに、私と戦った水の精霊がいた。露店の隅から様子をうかがっている。

だけど大人達は何のこっちゃといった感じで見えていない。これは驚いた。

魔力がない人間に精霊は見えないと思っていたし、子ども達だって例外じゃないはず。

「精霊ー！」

「おみずー！」

「ごつごつー！」

水の精霊、地の精霊。様々な精霊が子ども達を興味深そうに見ていた。ゴツゴツは地の精霊だね。岩でゴツゴツしてるから。

そういえばこんな話を聞いたことがある。子どもの頃は誰にでも不思議なものを見る力が備わっているけど、大人になるにつれて失われていく。それは必要がないからだとか色々な説がある。

この世界にはスキルがあるから、大人にはそういった力がなくなっていく？

なんにしても、これはいい傾向だ。この子達が大人になって親になった時、精霊のことを生まれてきた子どもに語り継いでくれるかもしれない。

お客さんの一人が、子ども達が被っているお面を見ながら、ノルーアに目線を向ける。

「精霊の加護ってなんだ？」

「え？　あー……リンネ！」

質問されたノルーアが私にバトンタッチしてきた。

その昔、あらゆる土地は精霊によって保たれてきたこと。澄んだ海や川には新鮮な魚が泳いで、育まれた大地には薬草が生い茂る。

精霊への感謝を忘れなかった人々は末永く健康で強く生きることができた。

と、半分くらい想像だけど物語風に語ると、聞いていたお客さん達が納得したように感嘆した。

「そういえば俺のばあちゃんに聞かされた気がする」

「ワシなんか、火遊びしたら火の精霊に怒られるとよく怒られたもんじゃ」

中高年やお年寄りの人達は断片的にでも精霊のことを聞かされていたみたいだ。

その影響か、周囲にいる精霊達がふわふわと露店の周囲を回る。すると突然、気持ちがいいそよ風が吹いた。

更に鉄板の上にあるお好み焼きがじゅうっと音を立てる。火力が上がったのかな？

「ノルーア、いい感じの焦げ目がついたよ！」

「リンネ！　わ、私も食べていいか!?」

「ダメ」

火の精霊のおかげだ。お礼と言わんばかりに、ちょうどいい火加減に調整してくれたのかも？

そよ風が吹いたおかげで、人が集まる場所なのに快適で心地いい。

これはきっと人間が精霊を忘れなかった頃の環境だ。人間は知らず知らずのうちに、本当にあらゆる部分で精霊の恩恵を受けていた。

こうして畑の作物は育ち、災害からも守ってくれたに違いない。

皆の頭に精霊というワードが刻まれただけでも、今回の祭りは成功だ。

興味がある人は自分で調べるだろうし、ここから他の町へと広めていってくれる可能性もある。


ようやく行列が落ち着いてきたところで、何か音楽が聞こえてきた。露店が並ぶ大通りの奥から何かがやって来る。

「な、なんだあの集団……」

「笛の音か？」

やって来た五人のうち二人が笛の音を鳴らして、残りの女性が羽衣をまとって舞っている。

最後の一人は上半身が裸になった町長だ。さっきまでそこで綿あめを食べていたと思ったらいつの間に？　ついにおかしくなった？

笛の音に合わせて町長や女性達が踊りながら、大通りを堂々と進んできた。

「今日は年に一度の精霊祭。精霊への感謝を伝え、踊ろう歌おう」

あ、そういうことか。私が町長から読ませてもらった本に、精霊への感謝を示す踊りが書かれていた。町長なりに何かできないかと考えた結果があれだと思う。踊りや笛の音色の良し悪しはともかく、物珍しさで皆が足を止めて見入っていた。

感謝の気持ちが伝わったかはわからないけど、精霊達が町長達の周囲に集まってくる。

それからくるくると回って、町長達をからかっているようにも見えた。

「ぷっ！　変な踊り」

「でも楽しそうじゃない？」

「あれなら俺にも踊れるぞ」

一人が町長達の真似をして踊ると、二人三人と続いた。人数が増えるにつれて大名行列みたいになり、前世でも見た祭りの光景を思い出す。

「おい！　リンネ！　私らも踊ろうぜ！」

「いや、仕事があるでしょ」

「でも客がいないぜ？」

「ウッソでしょぉ!?」

気がつけば客達が踊りに参加していた。大人や子ども達が見様見真似で踊っている。まさかここにきて町長にすべてを持っていかれるとは思わなかった。

朝から働きづめで今はすでに日が落ちている。各所に灯された松明（たいまつ）の火が優しく揺れていた。

そして宿の夫婦も露店を離れて、ついに踊りに参加し始めてしまう。

ノルーアが私の手をとって熱烈に誘ってきた。

「ほらっ！　リンネ！」

「しょうがないな。行っていいよ」

「だからお前も踊るんだよっ！」

「い、いや！　私は踊りとか無理だから！」

なんて言い訳したけど、それを言うならノルーアのほうがたぶん苦手だ。

観念した私も強制参加させられて、見るも無残な踊りを披露するしかなかった。でも、不思議と羞恥心はない。

同じ阿呆（あほ）なら踊らにゃ損々、だったかな。こうなったら楽しめってことか。

「リンネ！」

「わっとっと！　危ないって！」

ノルーアが私の手をとって強引なワルツに誘ってくる。そういう踊りだっけ？

まさかこんなに大はしゃぎだなんて、夢にも思わなかった。冒険者もそうだけど、こういう楽しいことが今までなかったのかもしれない。

皆で集まって、はしゃいで食べて飲んで踊る。当たり前のようでいて当たり前じゃなかったんだろうな。かく言う私もそうだったかもしれない。

「リンネ！　楽しそうじゃないか！」

「町長、なんで上半身が裸なんですか？」

「暑かったからね！」

「あぁそう……」

もはや儀式的な雰囲気が一切なかった。

こうなったらノリで付き合うしかない。楽しければそれでいいと、皆が思ってくれたなら精霊祭の案を持ちかけた甲斐があった。

松明の火が揺らいで、やがて夜空に自然の魔力が光の粒子となっていくつも散りばめられる。

精霊達が私達の上に漂って、やがて同じ動きで踊り始める。同じ阿呆なら、か。

こうしてアカラムの町の夜は更けていった。

5話　アカラムの町の変化

精霊祭から月日が流れて、アカラムの町に変化があった。

一番大きな変化としては、以前より町へ訪れる人が増えて活気づいたこと。良くも悪くもない平凡な町という、ある意味での長所が失われつつあるけどメリットが大きい。精霊が住まう町として有名になったおかげで、隣町との交易が盛んになった。

それに伴って護衛依頼が増えたことで、冒険者ギルドは連日のように多くの人でごった返し

ている。

精霊という言葉が一気に広まり、各店はさっそく恩恵を受けていた。だけど精霊の名前にちなんだ商品が大量に出回っていて、消費者も困惑しているみたいだ。それでも人はなんか格式が高そうなものをありがたがる生き物。

精霊祭の露店で提供された数々の料理や小物など、すべてがありがたく見えるのは人間の心理だと思う。

特にザムザさんの赤竜亭では、精霊の恵みを受けた食材をふんだんに使った料理なんて売り文句を掲げている。

負けじと対抗したアイマンさんの菓子屋でも、精霊を模したスイーツが人気だ。

精霊のお面を参考にしたり、子ども達に熱心に精霊の容姿について話を聞き込んで再現したというのだから商魂たくましい。

赤竜亭は近いうちに二号店を出す予定があるみたいで、今は任せられる人材育成に余念がないみたいだ。

もちろんアイマンさんの菓子屋も二号どころか三号店を出すと、子どもみたいな対抗心を剥き出しにしていた。

何にせよ、精霊祭を皮切りにいい方向へ進んでいると信じたい。

「よっ！　リンネ！　そろそろ旅立つのか？」

「うん。ノルーアもそろそろでしょ？」

「あぁ、あの宿も連日のように繁盛してるからな。私がいつまでもいるわけにいかない」

「そうだね。ちゃんと新規のお客さんに馴染んでもらわないと、あの宿のためにもならないよ」

この町へ人がたくさん来たことによって、宿は連日のようにほぼ満室だった。いつまでも私達が居座っているよりは新規の来訪者に譲ったほうが町のためだ。

そんな訳でつい先日、私達は宿を出たのだった。今は魔法のコテージに住んでいる。そしてなし崩し的にノルーアを居候させているんだけど。

居心地がいいみたいで、そのまま居つかれるかと思うくらいくつろいでいて心配になったほどだ。

でも、大丈夫。これを機会に、というわけでもないけどノルーアは町を出る決心をしたようだ。兼ねてからの夢だった上級職への道へ進むことにしたみたい。

「ノルーアは明日、出発するんだっけ？」

「あぁ、ひとまず王都に向かうよ。あそこには騎士ギルドがあるからな」

「騎士かぁ」

「なんだよ？」

「いや、似合うよ」

「何が『いや』だよ」

ノルーアが騎士鎧を着て剣を持っている姿を想像してしまった。男勝りな外見に鎧を着せると、確かに似合っている。だけど口が悪いノルーアが騎士と考えると笑いを堪えてしまう。それを察したのか、ノルーアが鼻っ柱にデコピンをしてきた。

「いったぁ！」

「あんなに強いのにこれは痛いのか……」

「魔力で体を強化しているからって、痛みは感じるんだからね！」

「それだけ私が強いってことか」

「そうだよ！」

ノルーアはスキルを過信せずに普段から鍛えているからね。

鼻を押さえながら、私もそろそろ身の振り方を考えなければと思っていた。世界を見て回るというメイアー様の言いつけを守らなきゃいけない。

この世界にはまだ私が知らない土地や習慣、種族がたくさんあると聞いてワクワクしている。特にこの世界で幅を利かせているスキルについてもっと学ぶ必要があった。色々なスキルがあるみたいで、中には魔法を凌駕するものもあるかもしれない。未熟な私のことだ。メイアー様はそれを見越しているに違いない。

魔道士として、更に腕を磨くためにはとにかく見て体験して覚える。メイアー様も昔はそうしていたというから、私もがんばらなくちゃ。

今の私はあの人みたいに、永遠の魔宮みたいなド級のダンジョンは作れないからね。そこがまさに経験の差というやつだった。

「そういえばリンネ、三級に昇級したんだって？」

「うん。ノルーアと並んだね」

「へっへっへっ、ところが実は二級昇級試験のお誘いがきてるのさ」

「二級⁉」

「二級からは昇級試験があるからな。しかも冒険者ギルドが正式に認めた奴しか受けられない」

そう自慢していたノルーアはいよいよ明日、旅立つ。

町長、宿の夫婦、その他お世話になった人達や共に戦った冒険者に別れを告げるみたいだ。

彼女が旅立つ前日の夜は、赤竜亭で盛大に飲み食いして、時を忘れるほど楽しんだ。

＊＊＊

ノルーアが旅立って、いよいよ私もアカラムの町を発つ時がきた。

町長は来年も精霊祭を行うと張り切っている。私は祭り用に生成した道具一式をこの町に置いていくつもりだ。

タコ焼き機や綿あめ機なんかは、来年も使ってもらって構わない。メンテナンスも不要で、魔力強化をしているからいつまでも壊れない仕様だ。ちょっとサービスしすぎかなと思うけど、私からのお礼の気持ちだと思ってもらえたら嬉しい。

私は宿の夫婦に挨拶をしに行った。二人は私を単なるお客さんとして扱わず、料金抜きの手料理を振る舞ってくれた。

私がいない間に衣類の洗濯や部屋の清掃をしてくれたりと、本当の両親のように思えてきたのは内緒だ。

宿を出る時にはいってらっしゃい、帰ってきた時はおかえり。実の両親さえいつしか私に言わなくなった言葉だった。

「寂しくなるね。風邪ひくんじゃないよ」

「君に宿を継いでもらいたかったが仕方ないね。宿屋の主に収まる器じゃないのは薄々わかっていた」

夫婦の言葉に、少しだけ涙腺が緩む。一年近くも滞在していたけど、私にはとても短く感じた。

永遠の魔宮にいた時と同じく、楽しかったり夢中になったりしていると時間の流れなんて感じないものか。

いや、あそこは本当に時間の干渉を受けていないのだけど。

旅に出て、人との関わりを持つ。同じ時間を過ごすにしても、密度というか質が違う。

強くなるために修行していた時とは違った経験を得て、また一つ充実した生を感じられた。

宿屋の夫婦とお別れをした後は冒険者ギルド、町長、赤竜亭。ついでにアイマンさんの菓子屋に挨拶をした。

ゲール支部長は達者でなと気持ちよく送り出してくれたけど、ザムザさんは顔を合わせてくれない。肩が震えていたから、なんとなく察した。お弁当を持たせてくれたし、気持ちは伝わったよ。

町長からはたっぷりと旅の資金を貰って備えは万全だった。

「またいつでも立ち寄ってくれよ」

「はい。町長もあまり甘いものばかり食べちゃダメですよ」

「なに、今は食べると体が引き締まる食品があるからね」

また変な商品に引っかかってる。

最後に、体を動かして食べる量を減らさないと何をやっても痩せないと絶望的なアドバイスをしてあげた。あの青ざめた顔が最後に見た顔にならないといいけど。

アカラムの町の門に立ち、改めて振り返る。いい町だったな。最初に訪れてよかったと思う。

世界には色々な人がいて、中には変な場所もあるはず。

いいところに滞在したおかげで、これからの旅のモチベーションは十分だ。

「さーて！　次はどこに行こうかなっ！」

地図を見ながら、旅のルートを考える。

カダの村の様子を見るついでに、次はウインダーゼル領を目指そう。小さい領地で何があるのかさっぱりわからないけど、それがまたいい。事前情報なく、当てのない旅をするのも乙なものでしょう。

5章　ウインダーゼル家のお家騒動

1話　次期領主

「次期領主の話だがな」

父、ブラウムがフォークに刺した肉を口に運ぶ。

僕、クラウサーはウインダーゼル家の次男だ。ウインダーゼル家は国内でも田舎と呼ぶに相応しい地域の一部を領地として治めている。

王都からも離れており、流通面や資源を考えてもこれといった特色はない。それに爵位も子爵と大したものではない、いわゆる田舎貴族だ。

しかし僕はそれなりに誇りを持って、貴族の血筋を引いていると言える。だからこそ、父が次に話す内容に心臓を高鳴らせていた。

次期領主は次男であるこの僕、クラウサーだ。そうに決まっている。

父の子どもは兄のアレイクス、二十歳。次男の僕ことクラウサー、十七歳。そして妹のエルンが十四歳と三人兄弟だ。

次期領主の座となれば、妹のエルンはほぼ脱落と言っていい。なぜならエルンはスキルの時点で、ある意味で僕よりひどいからだ。そうなると領主となるのは僕か兄のアレイクスだ。しかし兄はスキルが強いからといって戦闘訓練しか行っていない。肝心の領主になるための勉強を怠っている。領主とは単なる強さだけでは決まらず、文武両道を目指さなければいけない。つまり兄のような人間に領主になる資格などない。次期領主は必然的に僕だろう。

「領主はアレイクス、お前に任せようと思う」

僕は耳を疑った。クラウサーではなく兄のアレイクスだと？

「私が？　父さん、それはどういう意図だ？」

「アレイクス、お前のスキルはクラウサーよりも優秀なものばかり。領民の上に立つ者として申し分ない」

「……わかった。そういうことならぜひやらせてもらう」

僕は目の前が真っ暗になるような絶望を感じた。

なぜなら僕は領主の座につくために死に物狂いで学問を学び、剣術にも打ち込んできたのだ。

父、ブラウムも幼い頃からそうしてきたと言う。

確かに現領主である父のスキルは優秀なものばかりだ。しかしそれにも関わらず、亡き祖父は厳しいお方で父は厳しい教育を受けて何度も泣かされたと聞かされた。

文武両道という言葉を体現したかのような父が、その裏で並々ならぬ努力をしていたことを知っているだけに、どうにも納得がいかない。父は僕の努力をまったく見ないというのか？

「アレイクス。お前は生まれながらにして【炎剣技】【見切り】【必殺】を所有しておる。これはなかなかないことだ」

「知っている。だからこそ、今日という日のために腕を磨いてきた」

「ほう？」

「私を領主にする、という言葉だよ。それを聞きたかったんだ」

ふざけるな。つまり僕など眼中になく、最初からこうなると確信していたというのか？

僕に大したスキルが備わっていないからか？　僕だって猛勉強をして、剣の腕も磨いたというのに。僕が持つのは普通の剣技スキルのみだ。

対して兄が持つ【炎剣技】は、ユニークスキルといって、どの職業にクラスチェンジしたとしても身につかない。

いわばほぼ唯一無二のスキルといっていい。それに【見切り】は相手からの致命的な一撃を受けず、【必殺】は相手に致命傷を負わせることができる確率が高くなる。

生まれながらにして、兄のアレイクスはそんなスキルを持っているのだ。こんな不公平なことがあっていいものか？

僕は兄のアレイクスを睨む。いや、睨むべきは父のブラウムか。

「クラウサー。なんだ？　何か言いたそうだな」

「父さん！　当たり前だ！　僕だって努力してきた！　それなのになぜ！」

「それは知っている。しかしスキルによる影響はお前も知っているだろう。だが、お前には」

「うるさい！　どいつもこいつも……！」

「話を聞け、クラウサー。お前には」

「黙れッ！」

僕はテーブルクロスを引っぺがして、食器ごと床に落としてメチャクチャにした。使用人達が悲鳴を上げて、僕をなだめようとしてくる。

「ク、クラウサー様！　落ち着いてください！」

「うるさいなぁ！」

「ひっ！」

僕が使用人を怒鳴ると兄のアレイクスが立ち上がった。こいつ、何を睨んでやがるんだ？

「クラウサー、使用人に当たり散らすな。気に入らないのは私だろう？」

「あぁそうさ！　兄さん！　僕はお前が気に入らないッ！」

「それはわかっている。私を殴れば気が済むのか？」

「決闘だ！　僕と戦え！　僕が勝ったら次期領主の座を渡してもらう！　父さんもそれでいいよな！」

アレイクスが父に目で何かを訴えかけた後で頷く。こいつ、余裕だな。まさかこれがただの兄弟ゲンカだと思っているのか？

「わかった。では訓練場に行こう」

「二言はないぞ？」

こうして兄は余裕たっぷりといった様子で、僕の決闘を受けた。

＊＊＊

「ぐっ、がはッ……！」

「もう降参か？」

決闘が始まって数分後、僕は立ち上がれなくなった。

アレイクスは息一つ切らさず、剣を持ったまま僕を見下ろしている。

ダメだ。甘かった。僕の剣術などすべて見切られてしまい、炎剣技の熱に圧倒される。ほとんどスキルの差による勝敗だ。

「クラウサー。お前の気持ちはわからんでもない。しかしこれが現実だ」

「だ、黙れ……！　生まれ持ったスキルのおかげだろう！」

「それも実力の一つだ」

「クソがぁッ！」

奇襲のごとく攻撃をしかけたが、あっさりかわされてしまった。僕の剣はアレイクスの剣に軽々と止められている。

また見切りだ。あのスキルのせいで、何をやってもどんな攻撃をしても高い確率で防がれてしまう。

そこへ一部始終を見ていた父が割って入ってきた。

「もう勝負はついている。クラウサー、諦めろ」

「なんでだよ！　そんな奴、スキルだけだろ！　僕の努力を認めろ！」

「認めている。しかしこの勝負はお前が望んだことだ。男がそう口にしたのだから潔く受け入れろ」

「クソッタレェエエッ！」

「ウインダーゼル家のような弱小貴族は特に当主による力の誇示がシンプルに効果的だ。それだけで領地に危険が及ぶ可能性も低くなる」

「うあぁぁぁーーーー！」

僕がいくら叫ぼうと何も変わらない。二人は僕を置いて訓練場を去っていく。そんな僕のところに駆け寄ってきたのは妹のエルンだった。

「クラウサー兄様。大丈夫……」

「お前まで僕を蔑むのか？」

「え……ち、違……」

「消えろッ！　もう誰の顔も見たくない！」

エルンが慌てて逃げていく。下らない。実に下らない。しょせん、この世は生まれついた才能で決まるというわけか。

だったら勉強や剣術の修行など必要あるまい。なぜそんなものを学ぶ必要がある？

＊＊＊

その日の夜、僕は書庫を漁っていた。ウインダーゼル家が今まで集めた書物が保管されているここは、実に埃まみれだ。膨大な本を一つずつとり出しては引っ込めてをずっと繰り返していた。

僕は自分でも何をやっているのか、よくわかっていない。いや、これが藁にも縋る思いというやつか。

今の自分ではどうやっても父に自分を認めさせることはできない。それならば認めさせる手段を探すまでだ。ここには祖父の代以前からの本が集められている。

実はスキルが台頭する前は魔法というものが使われていた。魔力という力と魔術式、この二つを用いて様々な攻撃を実現していたというではないか。

しかし今では魔力を持っている人間などほとんどいないらしい。

進化の過程で不要な身体の部位が退化するように、スキル中心の生活となったせいで失われていったのだろう。

そんな歴史の中で僕のような人間が生まれてしまった。そう、僕はきっと今の時代に生まれるべき人間ではなかったのだ。

本当は僕の体に有り余る魔力が宿っていて、本来であれば魔道士となるはずだった。今はその可能性を模索している。

「どうでもいい本ばかりだな。このタイトルは……精霊と自然？　どうでもいい」

探せど探せどまともな本が出てこない。これだけ本を集めておきながら、この家は何をしてきた。などとしょうもない愚痴ばかりが出そうになる。

段々と嫌気が差してきた時、ある本のタイトルに惹（ひ）かれた。

「どれ……【魔法の基礎　ゴブリンでもわかる魔術式の解法】だと？　これが魔法の本に違いない」

これだと確信して本を開いた。

ところが全ページにわたって難解どころではない文章が綴（つづ）られている。何を書いてあるのかまったく意味がわからない。

僕の頭はゴブリン以下だというのか？　ふざけるな！

「こんなものはいい！　とにかく簡単な……」

再び本を探すと、とあるタイトルが目に入った。とり出して開いてみると――。

「……なるほど」

僕は思わずニヤリと笑った。これなら父と兄に吠え面をかかせることができるかもしれない。

よし、わかる。これなら内容がわかるぞ。見てろ、二人とも。僕は今から変わる。変わるんだ。

2話　のどかな田舎にて

私がアカラムの町を出てから着いたのはウインダーゼル領だ。

地図で見るとセイクラン王国西方の山々に囲まれた場所で、よく見ないと見落としてしまう。そのくらい小さな領地で、地図には申し訳程度にウインダーゼル領と書かれている。周囲が大きな領地のせいで、見た目的に肩身が狭そう。

領地内で大きな町はこのウインダーゼルの町のみ。後は地図にも載らないような小さい村や集落が点在している。

かろうじて冒険者ギルドはあるけど、アカラムの町以上に活気がない。が、しかし。だからといって討伐依頼がないわけじゃない。

人がいなくても魔物はいる。冒険者ギルドに出されている討伐依頼はそこそこあった。

ただし引き受ける人があまりいないからか、放置されているのも多い。魔物がいるのによくこんな小さな領地が繁栄できたものだと私は疑問に思う。

見たところ騎士団なんかが派遣されてる様子もないし、衛兵の数だってあまり多くない。

ということをオブラートに包んで、冒険者ギルドにいた冒険者に聞いてみたことがある。

「ウインダーゼル家の領主がバリバリの武闘派らしくてな。子ども達にも厳しい教育を施してるって話だ」

なるほど。領主自らが戦うパターンか。こういう小さい領地だとせめて武力だけでも伸ばさないといけない事情は理解できる。

それに領主のブラウムさんは、少ない衛兵にも徹底した戦闘訓練を行っていて、実力はかなり高いみたい。

確かに詰め所を覗いてみれば、だらっとして仕事をしているかと思ったけど、皆ピリッと怖い顔をしてお勤めされていた。

目が合うとすっごい睨まれて、慌てて退散してきたよ。田舎だからって好き勝手にできると思うなよと言わんばかりの眼光だった。

あの仕事に対するモチベーションはどこから湧いてくるんだろう?

対して、ここに常駐している冒険者の中には、実はここが穴場だという人もいる。討伐依頼は急いで引き受けなくてもいいし、だからといって誰かにとられる心配はほぼない。

適当に稼いで暮らすには最適だと笑っていた。ノルーアが聞いたら脱力しそうな話だ。確かに上を目指さずに少ない報酬ながらも生きていけるなら、その道を選ぶ人もいると思う。

この町には剣士なんかの職業につける職業ギルドが一切ない。だからこの町で生まれて冒険者をするなら、生まれながらのスキルのみで戦わなきゃいけない。

私が話した冒険者は外部から流れてきた人みたいで、だからこそ穴場だなんて言い方ができた。

まぁ、のどかな町だと思う。道行く人達もどこかのんびりしていて、アカラムの町に似ていた。ただ、あそこは今頃多くの人でごった返しているだろうけど。

野外のテーブル席で私はのんびりと食事を楽しんでいた。このモンスターストロベリーパフェの豪勢なこと。

農家の直営店らしいここには、多数の農作物を活かしたメニューがある。一口じゃ食べきれないイチゴなんて、前世でもお目にかかったことがない。

今の私はこれも旅の醍醐味の一つだと思っている。ここに来るまでにどれだけのおいしい料理を味わったことか。

道中、あるお店の料理があまりにおいしくてつい一ヵ月ほど滞在して通い詰めたせいで、顔を覚えられたのもなつかしい。この町も例にもれず、お気に入りリストに入りそうだ。

「おいふぃい……しゃーわせ（しあわせ）……」

あまりのおいしさに、私は四杯目のパフェを頼んだ。

これだけ食べたら太りそうなものだけど、今の私は魔法を使えば引き締まる。肌だって荒れないし、魔道士に肥満体型がほとんどいないとメイアー様が言っていた理由がわかった。

それに一日中、部屋の中にいた頃とも違う。ぶらぶらと歩いていれば、嫌でも運動になる。

などと考えながら食べ終えてから、サイフを取ろうとした。あれ？

「マジックポーチの中にない？　おかしいな？」

いくら探しても、サイフが見つからない。落とした？　どこに？　マジックポーチから？　ありえない。

マジックポーチの中に入ってるのはサイフと着替え、他の町で買いだめした名産品のみだ。

もちろん他のものはある。だけどサイフだけがない。この世界に来て初めて私は脂汗を流した。

サイフを落とした経験なんて前世ですらない。マジックポーチに不備があるとも考えにくい。

つまり導き出される答えは――。

「盗まれた？」

マジックポーチの中からピンポイントでサイフだけを？　どうやって？　なんて、答えがあるとしたら一つだ。

スキルだよ、スキル。魔法はともかく、私はスキルに関してあまり詳しくない。ものを盗むスキルがあったとしてもおかしくない。あぁもう！

怪しい人間が近づいたら魔力感知で気づけるはずなんだけど、何せどいつもこいつも魔力がほとんどない。だから食事に夢中になっている時はどうしても隙ができる。

これでまた一つ、メイアー様に認めてもらえなくなる要素が増えた。

慌てている私を店員が訝しんでるし、このままじゃ食い逃げ犯に仕立て上げられてしまう。許せない。まだそう遠くへ行ってないはず。

「魔力感知……」

そう遠くへは行ってないと仮定して、店周辺にまで魔力感知を巡らせた。

小動物を始めとした大小様々な魔力反応がある。店から離れていく反応がいくつかあって、そのうちのどれかが犯人だ。まずはこの範囲に簡易結界を張ろう。

「ソーサル・プリズン」

これで一定の範囲から、一時的にだけどあらゆる生物が出られなくなった。

無関係の人達には申し訳ないけど、少しの辛抱だから我慢してほしい。恨むなら私のサイフを盗んだ犯人を恨んで。

「店員さん。お金、必ず払うので少し待っててくださいね」

「は？　いや、それじゃ困……」

店員さんの言葉を待たずに私は次の手を打つ。店の前にある通りに向かって魔法を放つことにした。

「サイクロン」

突然、吹き荒れた風に人々はパニックになる。渦を描くような竜巻が人々を巻き上げた。竜巻に弄ばれるかのように、皆がくるくると回っている。

そして手持ちの荷物なんかが道に散りばめられるように落ちていく。竜巻にもみくちゃにされている人の中から、ポロリと私のサイフが落ちた。

どの人物から落ちたのかも把握済みだ。確認できたところでサイクロンを停止させて、落ちる人達を魔法のエアバッグでふわりと受け止める。

ゆっくりと地上に全員を下ろしてあげた後、私はサイフを落とした人物に近づいた。

「あなたが私のサイフを盗んだんだね」

「あ、あの、あ……」

まだ混乱していた。見た目は十代前半、前世だったら中学生くらいの女の子に思える。

フードつきの薄汚れた服に、ピンクのふわりとした髪が印象的だ。髪は肩まで伸ばしている。

どうしてこんな子が、と思わずにはいられなかった。どこか上品な雰囲気が漂っているのは気のせいかな？

「答えて。どうやって私のサイフを盗んだの？」

「あな、あなた、は、一体……」

「私は魔道士のリンネ。あなたは魔法にやられたんだよ。私のサイフを盗めたのはスキルのおかげ？」

「魔道士……？」

まだ混乱してるみたいだから、ひとまず話は後回しにしよう。竜巻で巻き上げられた人達には――。

「エリアヒール」

サイクロンで巻き込んだ人達の足元に魔法陣が広がり、傷がたちまち治る。

エアバッグのおかげで大きな怪我はないと思うけど一応、落ちた際に痛めた箇所を回復してあげた。だけど、まだ皆は状況を掴めてない。

「い、今のは……」

「皆、大丈夫か？」

「なんだって竜巻が……」

これは黙っていたほうがいいかもしれない。知らぬが仏、ではないけど、わざわざばらすのもね。

という訳で、私はまた女の子の元に戻ってきた。ここで話してもしょうがないので、ひとまずここから離れたカフェに行こう。

あそこのダークネスコーヒーパフェもおいしいんだよね。でもその前に——。

「店員さん。これ、代金ね」

「あ、ありがとう、ございます」

呆気にとられている店員に代金を払ってからすぐにその場を離れた。それからダークネスコーヒーパフェを求めて、じゃなくて。

私のサイフを盗んだ女の子に事情を聞くためにカフェに入店した。

店に行く途中、女の子は逃げる素振りを見せず、泣きそうな顔を隠してフードを深く被っていた。

どんな事情があるのかは知らないけど、盗みは盗み。このまま衛兵に突き出されてもしょうがないことをやってしまったんだよ？

などと竜巻の件を棚に上げて心の中で呟きつつ、私は女の子を対面に座らせる。

もちろんここは私の奢りで、その代わりにたっぷりと話を聞かせてもらうことにしよう。

3話　そんなスキルってあり？

女の子はフードを被ったまま黙っている。いきなり訳のわからない力で捕まったはずなんだけど意外と落ち着いている。

ひとまず盗みについては謝罪してほしいし、理由と手段を聞きたい。だけど聞いてもこの子は何も喋らなかった。

窃盗犯を衛兵に突き出さないだけでも感謝してほしいのに、けしからん態度です。という訳で、これ見よがしにダークネスコーヒーパフェを自分だけ食べている。

別に私は自白しないと食べさせないとは言ってない。答えてくれたら食べさせるという雰囲気を漂わせているだけだ。

女の子がチラチラと私のパフェを見てはうつむく。縮こまるように座って何かを堪えているようにも見えた。

さぁ、いつまでその強情が続くかな？

「おいしっ！　あまっ！　コーヒーの苦みを自家製クリームで包んで、押しつけがましい甘さから脱却している！」

「あ、あの」

「スポンジに染みたコーヒーの苦みもまた大人の味わいですなぁ！」

「あ、の……」

ついに女の子が声を震わせて涙目になった。意地悪しすぎたかな。

素直になりなさい。自分にウソをつかず、ごめんなさいをしなさい。そうすれば、このダークネスコーヒーパフェがあなたのところにも届く。

昔のドラマでは取り調べの時にかつ丼なんかを出すシーンがあったけど、そうじゃない。容疑者にそんなものを出すよりも、目の前でかつ丼をおいしそうに食べたほうがいいのにとずっと思っていた。まぁ実はあれ、違法らしいんだけどね。

そんなことはともかく、女の子が涎をすすりながら頭を下げた。

「ご、ごめんなさい……。つい魔が差して……」

「あなたはどこの家の子？　お父さんとお母さんは？」

「い、いるんですけど……。お、お金がなくて、つい……」

「そう。あなたみたいな子が一人で生きるのは難しいよね」

よくあるお話だ。この異世界なら両親も苦労してそうだし、だからといって孤児に優しい世界でもない。

ノルーアみたいに誰かに助けられて体一つでのし上がるか、犯罪者に落ちるか。

こうなるとやっぱり人は生まれでほぼ決まるのかなと考え直してしまう。だけどそれはそれだ。

「私じゃなかったら、サイフは永遠にとり返せなかったかもしれない。盗まれた人がどうなるか、考えたことはある？」

「そ、それは……」

「このお金は汗水たらして稼いだお金なんだよ。そんなものを盗まれたら、盗まれた人は生活できなくなるかもしれないよ」

「う、す、すびばぜんでじたぁ……」

女の子が涙と鼻水ですごいことになっている。ようやく罪悪感を感じてくれたみたい。

出来心かわからないけど、私としては動機よりも手段がもっとも気になっている。

「それでどうやって私のサイフを盗んだの？　スキル？」

「は、はい……。私、【盗む】スキルを持っていて……」

「盗む⁉」

「相手が持っているものを盗めるんです……」

「どこにあっても？」

「は、はい、体に身につけていれば……」

スキルでマジックポーチの中にあるサイフを盗める？　ちょっとちょっとちょっと、スキルの恐ろしさをここにきて体感してしまった。

油断していたとはいえ、私が持ってるマジックポーチから盗めるのがスキルの力だ。

「それと、【盗賊の目】というスキルもありまして……。これは相手が何を持っているか見極められるんです……」

「そ、それってもしかして私が買いだめしている特産品とかも？」

「幸運の魔神像は価値が低いので騙されてるかと……」

「ウソォ!?」

前の町で買った幸運の魔神像は商人がこの辺りの特産品だと言っていたのに？　次に会ったらただじゃおかない！

それよりも、そんなことまで見抜けるなんてこの子は何者？

「スキルって怖いねぇ……。それであなたは家が貧乏だからこんなことしたの？」

「それは……その」

その時、カフェの外から叫び声が聞こえてきた。窓の外を覗くと人だかりができていて、何やら揉め事が起こっている。

金髪の男性と冒険者が睨み合っていた。穏やかじゃないな、と思ったら女の子が驚愕の表情をしている。

「え、どうして……」

「え？」

「いえ！　なんでもないです！」

なんでもなくないよね。こうなったらとことん関わってやる。カフェで支払いを済ませてから外に出た。

金髪の男性が冒険者を威嚇するようにして剣を突きつける。

「気に入らんのならかかってきたらどうだ？　腕に自信があるのだろう？」

「へ、へんっ！　こちとら謝ったんだ！　それでも因縁をつけてくるってんならやってやるぞ！」

「構わんぞ。衛兵には手を出させないと約束しよう」

路上で金髪の男性と冒険者の戦いが始まってしまった。冒険者が持つ武器は槍だ。薙ぎ払いで金髪の男性を引きはがし、距離を作る。

「【流星連】ッ！」

冒険者が高速の突きを繰り出す。距離があるのに風圧だけで私の髪がふわりと揺れた。当たれば岩くらいは簡単に砕ける威力だ。

相変わらずスキルは壊れてるなぁ。あれ、魔力とか一切使わないんでしょ？

「下らん」

金髪の男性には流星連がかすりもしない。蝶のように舞いながら回避するその動きは、冒険者をおちょくっているような動きに見えた。

そして金髪の男性の剣が炎をまとう。ちょっと、それ魔法じゃないんでしょ？

「フレイムブレード」

「な、なんだよそれ！」

「これが私が生まれながらにして持っている炎剣技だ」

「生まれながらにしてって……マジかよ！」

「はぁぁぁぁッ！」


勝負は一瞬だった。金髪の男性の一閃で冒険者の槍が弾かれる。直後、冒険者の腹に炎の一文字が叩き込まれて吹っ飛んだ。


「うあぁぁぁぁッ！　あつ、熱いッ！」

「身の程を弁えないからそうなる。この私に勝てるとでも思ったのか？」

「わ、悪かった！　あんたのほうが強い！　それにまさか領主の息子だなんて知らなかったんだ！」

「地べたに座りながら謝罪するのが貴様の流儀か？」

「大変、申し訳ありませんでした！」


一文字の炎はすぐに消えたものの、冒険者は立ち上がるのがつらそうだった。あの領主の息子だという金髪の男性、なかなかの性格をしているなぁ。

野次馬の話では、冒険者があの領主の息子にぶつかったところで揉め事になったらしい。最初は冒険者が謝っていたけど、領主の息子のほうが譲らずに今に至る。


「やはり私は強い……。おい、貴様。他に腕が立つ奴はいないのか？」

「それは、いや……」

「フン、こんな田舎にそう強者など集まるわけがないか。父上もそれは理解していたものを、なぜよりによって……。おい！　この中に我こそはと思う者はいないのか！」

他に戦えそうな人なんていないし、あの人だってわかってるはずだ。それなのにバカにしたように鼻を鳴らしている。

当たり前だけど、誰も名乗り出ない。誰もいないと見るや、領主の息子がまた冒険者に視線を戻す。

「おい、貴様。もう一度、立ち会え」

「え！　いえ、もう無理です！　あなたには敵いません！」

「黙れ。そうでもしなければ、私の強さを誰も理解できん」

「勘弁してください！」

領主の息子が脅しではないと言わんばかりに、また剣に炎をまとわせている。

なんであんなにも強さに拘るのかな？　一度、勝った相手にまた勝ったところで何の証明にもならない。

これは領主のブラウムによる教育の影響なのか、それとも。このままじゃあの冒険者がまた痛めつけられてしまう。

あの槍使いの冒険者、私の見立てでは三級の実力はある。それをここで潰させるわけにはいかないし、何より私自身が不快だった。

冒険者と協力してカダの村を復興させたことを思い出す。冒険者は国にとって欠かせない存在だ。私も冒険者の端くれとして、同業者にはリスペクトがある。

それに魔法をバカにされたら腹が立つしメイアー様に認めてもらいたい気持ちもある。

だけどあの人がやっていることは、何の意味もない。ここでまたあの冒険者を痛めつけても、誰もあの人を認めない。

「私でよければ相手になるよ」

「む？　なんだ、貴様は……。妙な格好をしているな」

「私は魔道士のリンネ。そっちがスキルなら、私は魔法で戦わせてもらうよ」

「……魔法？　フッ、なかなか面白い冗談を言う」

この反応には慣れた。冗談じゃない証として、私も剣を作り出してみる。あの人と同じ炎の剣を片手に生成すると、領主の息子の表情が歪む。

「な、なんだ、それは？　まさか貴様も炎剣技を⁉」

「あなたは強さというより自分の優位性を認めさせたいように見える。でもね、やりすぎ」

「何を偉そうに……！　貴様も珍しいスキルを持っているようだがな！　練度がものを言うのだよッ！」

領主の息子が躊躇なく斬りかかってきた。魔力によって動体視力なんかも強化しているからわかるけど、この人はかなり強い。

私が回避しても追撃の手を緩めず、果敢に攻め立ててくる。

「凄まじい身体能力だ！　だが近接戦は慣れてないと見える！」

「速いなぁ」

私が最後に見た時のノルーアよりも上かもしれない。でも私は剣術で勝負する気なんか最初からないのであった。

私が炎の剣を一振りすると当然のように領主の息子はバックステップで回避する。

「踏み込みが足り……」

一振りの後、巨大な炎の一閃が領主の息子を襲った。というより爆発といったほうが正しいかもしれない。

「ぐぎゃわぁぁぁーーーーー！」

盛大に吹っ飛んだ領主の息子が身を焦がして倒れる。

なんとなく目には目をみたいなノリで対抗したけど、剣術勝負をするとは言ってない。

この炎の剣は永遠の魔宮で近接戦を試みた時に生み出した魔法だ。炎が弱点の魔物にいいかなと思ったけど、無詠唱で魔法を使えるから不用になって使わなくなった。

振れば爆発のような炎の一撃を浴びせられるし、これはこれで気持ちよくて気に入ってる魔法なんだけどね。

もしこれをノルーアみたいな凄腕の剣士が使えたら、凄まじい強さになりそう。と、自惚れ（うぬぼ）れているとと野次馬が領主の息子の元へ向かった。

「ア、アレイクス様！」

「なんてことだ……。このお方がこうもあっさり負けるのか？」

領主の息子ことアレイクスは呻きながらも起き上がれない。

でもこの様子だと、あのアレイクスは領民から嫌われているわけでもなさそう。すぐにあの人達が駆け付けたのが何よりの証拠だ。

そうなると、これは何やら匂う。

「に、兄様。どうして……」

「え、兄様ってまさか？」

「は、はい。私はエルン、領主ブラウムの娘です。あの人は長男のアレイクス、以前は優しい兄だったのに……」

「ゲェッ！　あなた領主の娘だったの⁉　なんで盗みなんか！」

頭の中で整理が追いつかなくなってきた。

領主の娘が盗むスキルで私のサイフを盗んで、兄が町の中で堂々といきりちらしているとか。ひとまずアレイクスからも話を聞く必要がありそうだ。

4話　領主の子ども達

ウインダーゼル家の長男アレイクスと長女エルン。

この二人には今、カフェで私の向かい側に座ってダークネスコーヒーパフェを食べてもらっている。

アレイクスのほうは頭に血が上り過ぎていたから、ひとまず奢ってみた。エルンちゃんのほうはお腹を空かせていたし、こっちもかわいそうだからね。

それにしてもまさか領主の子ども達が揃って私の前に現れるとは。

ふとカフェの窓を見ると野次馬達が張り付いていた。気にしない。

「さぁ、約束ですよ。アレイクスさん、事情を話してください」

「約束だと？　そんなものした覚えは」

「もう一戦やります？」

「……やめておこう」

ようやく冷静になってくれてありがたい。こうして落ち着いてくれると、さっきの荒くれっぷりはなんだったのかと思う。

アレイクスは何があったのか、淡々と話してくれた。

ウインダーゼル家では領主のブラウムが以前から、次期領主のことで悩んでいたらしい。

小さいながらも代々この領地が守られてきたのは、武力とそこそこの農作物のおかげだ。

つまり軽く見られがちな小さい領地でも、領主一家が強い武力を示しているおかげで平和が守られてきた。

王族としても、強い力で自国の領土を守ってもらえるならそれだけで重宝するわけだ。

その努力が認められて子爵の爵位まで貰っていることは、ウインダーゼル家の誇りだとアレイクスは胸を張る。

そんな中、ついに次期領主の決定が下された。

「次期領主はこの私、アレイクスとなった……はずだった。しかしつい先日、その決定が覆されたのだ。思い出すだけでも忌々しい……」

「まさか次期領主は弟に？」

「そうだ。弟……次男のクラウサーは私に領主の座をかけた決闘を挑んできた。一度目は私が勝利したが、二度目は私が敗北した。それも完膚なきまでにな」

「でも一勝一敗ですよね。それだけで覆されます？」

アレイクスは苦々しい顔をして、残りのパフェを口に放り込んだ。もっと味わって食べてほしい。

「三度目も四度目も私は完敗した。この状況を見た父さんの気が変わってしまったのだ。次期領主はクラウサーが相応しいとな」

「そっか……。クラウサーさんも努力したんですかね」

「いや、あれはそんな生易しいものではない。クラウサーは生まれながらにして剣技スキルを持っていたがそれだけだ。それだけのはずだった」

「ということは……？」

アレイクスが震えている。ダークネスコーヒーパフェで体を冷やしたわけでもなさそう。まるで弟のクラウサーに怯えているかのようだ。

教えてもらった限りではアレイクスのスキルは一般的に見てもかなりの高水準だ。

特に【必殺】のスキルは、格上の相手にも立ち向かえるすごいスキルだと思う。相手がいくら堅牢な守りをしていようと、一定の確率で致命傷を与えられる。

こんなものが生まれながらに備わっていて魔力を使わないなんて理不尽な話だ。

「クラウサーはある日、恐ろしいスキルを身につけて私に再戦を挑んできた。まるで歯が立たなかった……」

「どんなスキルですか？」

「私のスキルがまるで通じず、何が起こったのかもわからなかった。二度目、三度目、四度目も同じだ」

「えーと、大雑把でいいからどんなスキルとか説明できます？」

アレイクスは言葉を詰まらせていた。

大雑把にすら答えられないということはつまり何が起こったのかも理解していない可能性がある。

少なくともアレイクスは私よりもスキルに詳しい。そのアレイクスにとって未知のスキルか、あるいはスキルですらないか。

なんだかきな臭くなってきた。だけど確信が得られない。

「気がつけば攻撃されて……倒れていた。そうとしか言えない」

「うーん……。元々そんなスキルがあったとも考えにくいです？」

「それは考えられない。クラウサーは努力家で勉強熱心であるが、後天的にスキルを身につけるとなれば職業ギルドが必須だ。この町にそんなものはない」

「それでアレイクスさんはヤケになっていたと？」

「恥ずかしながら、な……自分でもどうかしていた。君に敗北して頭がスッキリした感覚さえあるな」

自分の敗北を認められず、強さを再確認したくて意地になっていたとアレイクスは話す。

それにしてもあまりに極端すぎて、私はまた疑いたくなった。アレイクスが言うクラウサーのスキルがそこまで強大だとしても、腑に落ちない。すると今まで黙っていたエルンちゃんが口を開いた。

「アレイクス兄様がどんどん変わってしまって……。クラウサー兄様やお父様も怖くて屋敷にいたくなくて……それで逃げてしまいました」

「それで家出をしたはいいけど、お金がなくてサイフを盗んだの？」

「はい……。どうしても屋敷には戻りたくなくて、その。すみません」

エルンちゃんは次期領主の候補じゃないのかなと聞きそうになって、やめた。なんとなくだけどこの子は候補外な気がする。

貴族であれば外面を考えたら、盗むみたいなスキルを良く思わないと思う。

それに戦闘向きとも言い難いし、いや。どこが？　私が未熟なのを考慮しても、サイフを盗み出したのは純粋にすごい。

これが認められないとすれば、領主のブラウムもなかなかの堅物だ。

うん。色々と問題は多いし、クラウサーのスキルも気になるけど根本的な問題はそこじゃない。

私は最後にエルンちゃんに質問してみた。

「エルンちゃん。あなたは自分のスキルについてどう思う？」

「私のスキルはお父様に嫌われています……。スキル診断で判明した時、絶対に使うなと怒られちゃいました」

「それで自分のスキルは嫌い？」

「はい。嫌いです。こんなスキルじゃなければよかったのにと何度思ったことか……」

ノルーアに聞いたことがあった。

この世界では五歳になったら各町にある国営所でスキル診断を受けることができる。そこで生まれつきのスキルが判明して、将来を決めるそうだ。料理スキルがあれば料理人に、木工製作スキルがあれば大工や家具職人に。スキルはそれだけ人の暮らしに影響を与えている。

「なるほど……。ところでアレイクスさん、それであなたはどうするつもりですか？」

「もちろんクラウサーを打ち負かす。このまま諦めるわけにはいかん」

「それもいいですけど、少し高みを目指してみませんか？」

「高みだと？」

「はい。結果的に強くなれるかもしれませんよ」

訝しむアレイクスだけど、私としてはこの人に足りないものがあると思っている。

エルンちゃんについても同じで、言ってしまえばウインダーゼル家全体の問題と言えるかもしれない。

私として二人にできることは、まず別の選択肢を見せてあげることくらいだ。

＊＊＊

「この私が冒険者か……」

「考えてもみませんでした……」

アレイクスとエルンちゃんには冒険者デビューしてもらった。エルンちゃんには着替えてもらったけど、どんな服装でも品がある。

私と違って筆記試験で焦ることもなかったし、実技試験では圧倒的実力を見せつけて突破した。

エルンちゃんには私達の時とは違う実技試験を用意してくれたのは嬉しい。試験官が持っている武器を奪えという試験だったけど、初見であっさりと盗みに成功した。これには試験官も大絶賛で、ぜひデビューしてほしいとのことだった。

「じゃあ、次はさっそくお仕事ですね」

「待て待てぇ！　これで終わりではないのか！」

「そんなわけないじゃないですか。これから冒険者として汗を流してもらうんですからね」

「時間の無駄だ！　それより私はクラウサーに勝たねばならんのだ！」

「勝つ、負けるだけがすべてじゃないんですよ」

ギャーギャー言っているアレイクスを無視して、私はギルドを見渡す。

こんな田舎、と言ったら失礼だけどここにもなんとか数人の冒険者がいた。声をかけてお仕事の誘いをかける。

「ア、アレイクス様と⁉」

「恐れ多い！　なぜ冒険者なんて……」

当然、こうなる。この中にはさっきアレイクスが負かした冒険者もいた。

さすがにこれにはきちんと決着をつけてもらわないといけないかな。

「アレイクスさん、あの人に謝ってください」

「こ、この私に頭を下げろというのか？」

「弟のクラウサーさんより高みに行くためですよ」

「クッ……」

アレイクスは渋々と言った様子だ。でも私としてはここで何としてでも乗り越えてほしい。

「アレイクスさん。あなたほどの人なら、冷静になれば理解できるはずです」

「私ほどの……」

「あなたは子爵家の長男でしょう。人の上に立つべきお方です」

「……そうだったな」

アレイクスが冷静さをとり戻した。冒険者の前に立つと、すんなりと頭を下げる。

元々温厚な人だったというのだから、このくらいはできると思った。

「ア、アレイクス様……」

「私はどうかしていた。これでも許せぬなら殴ってもらって構わない」

「いえ、こちらこそ不注意でぶつかってしまい、改めてすみませんでした」

このやりとりに冒険者達は拍手を送った。

ギルドの職員達も同じだ。冒険者達は時に助け合う必要がある。それなのにいがみ合っていたら、巡り巡って自分を殺すことになりかねない。

アレイクスやエルンちゃんにはまずどうしても知ってほしいことがあった。強さよりも大切なことで、人として学んでほしいことだ。

「それでは皆さん。さっそく討伐依頼を引き受けましょう」

冒険者達は緊張した面持ちだ。何せ領主の息子と娘が冒険者として自分達と一緒に戦うんだからね。

ただそれ以前にこの人達には大きな疑問があると思う。

「なんか流れで従っちまったけどさ……。あの女の子は誰なんだ？」

「三級冒険者だってよ。俺より上の等級とか信じられねぇ」

そう、まず私が誰だという話です。主役は私じゃないから別にいいんです。

５話　領主の子ども達による冒険者デビュー戦

アレイクスとエルンちゃんを連れて、私達はオーガ討伐に向かうことにした。

オーガはゴブリンと同じ亜人種だけど、体の大きさやパワーが桁違いだ。しかもある程度、自分に合わせて武器を作るほど知能が高い。

更にゴブリン達の村と違って住処が要塞化していることが多いとのこと。一匹に対する等級はなんと三級。それが群れているんだから、冒険者の一人や二人じゃ足りない。

そんな訳で私達はオークの要塞があると言われている山の中腹を目指していた。放置すれば、ウインダーゼルを滅ぼすくらいの戦力があると私は見ている。

対してこちらの戦力はアレイクス、三級冒険者が一人、四級冒険者が二人。五級冒険者が三人。

エルンちゃんはさすがに戦力としてカウントするのは酷だから除いている。

「あの、あのあのあの！　ホントに私なんかが同行していいんですか⁉」

「今回は見学でいいよ。私が守ってあげる」

「武器なんか握ったことないのにぃ……」

とは言うけど、エルンちゃんには武器を持たせていない。ド素人が武器を持ったところで大した意味がないし、それより今は敵を見極めてほしい。

できるだけ情報をとり込んで、多くの相手から盗むスキルを実行できるようにする。それがエルンちゃん育成プランだ。

「リンネ。オーガ程度、私一人で十分だ」

「アレイクスさん、そうかもしれませんけどね。一人だと困ることもあるかもしれませんよ」

「何を困ることがあるか……」

「アレイクスさんは魔物との実戦経験のほうは？」

「多少はある。どれも四級以下の魔物だがな」

アレイクス、いや。アレイクスさんだ。落ち着きを取り戻したその姿を見ると、やっぱり貴族の風格がある。アレイクスさんが自信満々に剣を振りながら歩く。

続くのはアレイクスさんに負けたディオルさん、三級冒険者だ。職業はランサーで、将来の夢は特にないとのこと。

強いて言うならこの田舎でのらりくらりと稼いで、適当にお嫁さんでも貰って余生を過ごすのが夢だそうだ。

元々は王都でランサーの職業について活動していたけど、肌に合わずに田舎へと流れてきたと語ってくれた。

報酬額は下がったけど酒やギャンブルみたいな趣味はなく、借りている安い物件で暮らしているらしい。

ノルーアと真逆の人生設計を持っている。そんなディオルさんだけど、仕事となると目つきが変わった。

「シッ！　足を止めてくれ！」

ディオルさんが皆を止めると、間もなく木陰からのっそりとオーガ達が歩いてきた。

ディオルさんが止めてくれなかったら鉢合わせして、先制されていたかもしれない。私は魔力感知で気づいていたけど、あえて知らせなかった。この討伐はアレイクスさん達だけでやり遂げてほしいから、よほどのピンチじゃなければ私は何もしない。適度に戦う形で手を貸すことにしている。

オーガ達はそれぞれ大きな棍棒や斧を持っていて、そのサイズは人間の大人でも持てないほどだ。

そんな筋肉お化けみたいなのが三体もいる。オーガ達は私達に気づかずに奥へと歩いて消えた。

「おい、ディオルといったな。なぜ止める？」

「アレイクスさん、ここはあいつらのフィールドです。下手にしかけて近くに伏兵でも潜んでいたらえらいことになります」

「その可能性があるというのか？」

「はい。オークはあんな見た目ですが用心深くて賢いんですよ。舐めてかかって返り討ちにあった冒険者は数知れません」

「ほう……」

ディオルさんの発言にアレイクスさんが感心している様子だった。

現場での経験はディオルさんのほうが上なだけに、アレイクスさんも経験者として尊重しているのかな？

と、ヒソヒソと話し終えたところで遠くの林からガサガサと音がする。間もなく数体のオーガが次々と出てきて、さっきのオーガとは別方向に向かって行った。

ディオルさんの予想が当たっていたと証明された瞬間だ。これには他の冒険者達も固唾をのむ。

「あ、あぶねぇ……。ディオルさんが止めてくれなかったらと思うと……。ディオルさん、助かったよ」

「あいつらは要塞近くの警備を固めていることが多い。しかもああやって隠れている個体もいるから慎重にな」

ディオルさんの計画では、要塞の外装や周辺の戦力を把握して今日は終えるらしい。

その後はできるだけ要塞から離れた場所からヒット&アウェイのごとく、確実に戦力を削る。

要塞の警備が薄いところを割り出して一気に突入、オーガキングを仕留めるのがゴールらしい。

「オーガキングは一級に指定されている魔物だ。できれば全員で仕留めたい」

という訳で今日はキャンプをして一日を終えることにした。

私が魔法のコテージを作り出すと、全員の突っ込みが止まらない。

「こ、こ、こんなスキルがあってたまるか！」

「生産スキルか⁉」

「中にはベッドまで揃っているぞ！」

未だに魔法とスキルとの差が把握できない私としては、堂々としているしかない。

聞いたところによると、生産スキルはその名の通りで物を作り出せるらしい。

こうしてスキルの情報も少しずつ入るから、私としても意味がある旅だ。

「お、お風呂まであるんですかぁ！」

「時間節約のためにエルンちゃんは私と一緒に入ろ？」

「リンネさんとぉ！」

「なにその声」

「い、いい、いえ、誰かとお風呂に入るなんて……その、初めてなのでぇ」

きちんと全員分の部屋を用意した上に、キッチンやお風呂まであるんだからそりゃ驚くよね。

いや、そこじゃなくてエルンちゃん。それはそれは。

「私とは嫌？」

「そーいうわけじゃないです……。だ、大丈夫ですよね？」

エルンちゃんが男性陣をちらりと見る。ははぁ、お嬢様にとってはやっぱりそこが不安か。

男性陣の名誉のために聞こえないようにヒソヒソと話した。

「覗いたら目を潰してから記憶を消して、目だけ治してあげるから大丈夫」

「記憶だけでよくないですか⁉」

　この国じゃどうかわからないけど、前世なら覗きは犯罪だからね。

　一方で私の魔法に度肝を抜かれたらしい人達は未だにコテージ内で落ち着かない。私が魔道士で魔法の使い手という現実を受け入れられないのかも。

「ま、魔法って、ここまでできるものなのか？」

「どういう理屈だ……」

　それはスキルに言いたい。そんな中、アレイクスさんが壁やテーブルを手で触って確認してからようやく、椅子に座ってくつろいだ。

「リンネ。どこでその魔法を学んだ？　今や失われた力だと聞いているが？」

「え？　ど、独学だよ。本とか読んでね」

「ウインダーゼル家の屋敷にも大量の本があるが、魔法に関する書物などほぼない。それほどの力を簡単に得られるものではないだろう」

「そうだね。簡単じゃなかったね」

「少し教えてもらえないか？」

　アレイクスさんが魔法に興味を持ち始めた。単純にスキルとはどう違うのか、理解したいのかなと思う。それならそうで、私は包み隠さず教えた。

魔力や魔術式によって無限の改変を行うことで、事実上いくらでも生み出せるのが魔法だ。

その魔術式の基礎を説いたところでアレイクスさん達はギブアップした。

「も、もういい！　何を言ってるかさっぱりわからん！」

「えー、まだ基礎中の基礎なのに？」

「これは使われなくなるわけだ！　こんなものを魔道士達は戦いの最中に行使していたというのか！」

「していたのですよ。それとこれの応用として……」

「だからもういい！」

アレイクスさんがギブアップとのことで、私はエルンちゃんとお風呂へ向かった。湯船に体を沈めて――。

「かぁーーーっ！　痺れるぅ！」

「なんですか、それ？」

「え？　これ言わない？」

「初めて聞きました」

これがジェネレーションギャップならぬワールドギャップか。

むしろ湯船に浸かった時に何も声を出さないほうが信じられない。あれ？　でもメイアー様も言ってたし、ワールドギャップじゃないかもしれない。

「リンネさん。お背中、流しますね」

「い、いいよ！　仮にも貴族令嬢に背中を流させるとか！」

「アレイクス兄様共々、貴族としてではなく人として接していただいたお礼です」

「そう、なの？」

「お母様を早くに亡くしたせいか、お父様はとても厳しいお方です。貴族としての尊厳を保つように、私達には貴族として厳しく接していました」

そうか。一般家庭にはない悩みってやつだね。こんな風に誰かとのんびりお風呂に入る機会もなかったわけだ。

エルンちゃんに背中を流してもらいながら、私も恩返しすることにした。他人に背中を流してもらうのが、こんなに気持ちいいなんて知らなかった。私はどちらかというと、メイアー様の背中を流していた記憶しかない。

「さ、次は私だね」

「は、はい」

今度は私がエルンちゃんの小さい背中を洗ってあげた。気恥ずかしそうにエルンちゃんが握り拳を作って固まっている。かわいい。

「なんか……いいですね……」

「いいでしょ？」

「こういうの、またやりたいです」

「そうだね……」

私もずっとあの町にいるわけじゃないから、強く返事できなかった。

同年代のお友達もいないというのは考えてみたらかわいそう。ここは辺境の田舎だし、同じ貴族の友達すらいない環境だ。

「さて、洗い終わったから後はー……」

「何かあるんですか？」

あるある。例えば今、そこで聞き耳を立てている男数人は片目だけで勘弁してあげようかな。

壁越しに魔力反応が集まり過ぎなんですよ、皆さん。

でも一つだけ離れている反応がある。これはアレイクスさんかな？　おや、男達に近づいていく様子が――。

「貴様らァーーー！」

「ぎゃああぁぁぁっ！」

「エルンに指一本でも触れたらどうなると思っている！」

「そっちじゃなくてリンネが」

そして、より壮大な悲鳴が聞こえてきた。両目でいこう。

6話　オーガ討伐

それから三日ほどかけて、私達はオーガの要塞周辺を徹底して調べた。その結果、警備だけでも六十体以上のオーガがいると判明する。

想定より多すぎる上に基本的に単独行動をしないせいで、かなり慎重になる必要があった。

「フレイムブレードッ！」

「ガアァァァッ！」

さすがのアレイクスさん、一人でオーガを斬り倒してしまった。

続く冒険者達で残りのオーガと交戦、ディオルさんを主軸に合計四体のオークの討伐に成功する。こんな調子で、周辺を警備しているオーガ達を着実に片付けていった。

「ディオル、よくやったな！」

「アレイクスさんこそ、さすがの強さですよ！」

あのアレイクスさんとディオルさん、すっかり互いを認め合っている。エルンちゃんが言う通り、出会った頃のアレイクスさんはやっぱり突然のことでおかしくなっていただけだ。

幼少の頃からウインダーゼル家という閉鎖的な環境で育てば、領主になるという目標はあっても社会経験が足りていない。お父さんからの教育もあって、それだけが世界のすべてとして認識していたんだと思う。

　でも今は外の世界を知りつつある。最初の頃は仏頂面でお堅かったけど、今はよく笑う。冒険者達と交流することによって、閉じられていた心が開きつつあった。

　続くオーガの群れは六体、少し多いかな？

「ディオル！　私が突っ込む！　左にいる棍棒を持った個体は任せた！」

「了解です！　皆も続いてくれ！」

　アレイクスさんは一番強そうな個体に率先して向かう。それを抑えている間にディオルさん達が各個体を撃破していくという流れだ。

　もちろん私もさぼっているわけじゃない。さすがに残り五体となるとディオルさん達だけじゃきついから、私も応戦した。

　ただしここで一瞬で片づけてはいけない。主役はアレイクスさん達だから、私は申し訳程度の魔法で十分だ。

「ファイアーボールッ！」

「ゴワァァァッ！」

　オーガの巨体に火の玉が直撃すると一気に炎上した。一瞬の炎の柱が立った後、すぐに鎮火する。

　残ったのは原形をとどめないオークの焼死体のみだ。

「す、すっげぇ……」

「か、怪物じゃないか……」

あ、あれ？　だいぶ手加減したつもりだけど、これでも驚かれる？

いや、確かに皆が苦戦しているオーガを一撃はまずいか。もうあいつだけでいいんじゃないか状態にならないでほしい。

だけどそれは杞憂に終わる。アレイクスさんはフンと鼻を鳴らして、ずかずかと奥へ進んだ。

やっぱりああ見えて負けず嫌いだから、少なからず対抗心みたいなのはあるかもしれない。

その証拠に、オーガの警備隊と交戦するたびにアレイクスさんの速さが増した。【見切り】でオーガを翻弄して、時に一撃の下に斬り裂く。

事前に警備の位置も把握していたおかげで、オーガの要塞が視界に入る。

丸太を立てて隙間なく並べた堅牢な外塀に囲まれた、木製の要塞だ。所々に見張り台があって、オーガ達が弓を構えて見張りをしている。

「むっ、奴らは弓まで使うのか。ディオル、オークキングはどこにいると思う？」

「たぶん要塞の奥にいます。しかもこれ以上、近づくと矢の的になりますね」

弓矢まで扱う個体がいるんだ。

皆が調べたところ、東側から迂回したところの木の柵に腐りかかっている部分があると判明した。

オーガが賢いとは言っても、人間みたいに細かいメンテナンスができるわけじゃない。だからそこにつけ入る隙があるとディオルさんは言う。

山深く、木々が生い茂った道なき道を私達はひたすら進んだ。草が腰まで届く森の中、左右からガサリと音が鳴る。

「なっ！　こんなところに待ち伏せしてやがった！」

「うろたえるな！　私が左側を抑える！」

奇襲のせいで冒険者達の初動が遅れる。実は魔力感知で事前にわかっていたのだけど、あえて言わなかった。

これはあくまでアレイクスさんとエルンちゃん、冒険者達の親交を深めるための戦いだ。

だからピンチに陥った時だけ、私がギリギリでも助けてしまえばいい。今がその時なのだけど。

「アースバインド」

左右のオーガが、地面から盛り上がってきた土にとり込まれる。身動きがとれず、オーガ達は土に押し潰されていく。メキメキと音を立てながら、やがて動かなくなった。

「た、助かった……。リンネがやってくれたんだろ？」

「うん。ディオルさん、露払いは私がやるから皆は突入して」

「わかった！」

草をかき分けて進むと、柵が腐った部分が見えてきた。ディオルさんが深呼吸をしてから柵を破壊すると、冒険者達が一気になだれ込む。

「オーガキングはおそらく頂上だ！」

「アレイクスさん、先頭をお願いします！」

アレイクスさんが向かってくるオーガの群れを蹴散らす。木製の要塞は意外と大きく、丁寧に階段まで作られていた。

私はオーガという魔物の知恵に改めて感服する。永遠の魔宮に、ここまで細かい作業をやり遂げる魔物はいたかな？

迫るオーガをファイアボールで片づけながら私は冒険者達の戦いを見守った。同時にエルンちゃんを抱き込むようにして進む。

アレイクスさんとディオルさんが雄叫びを上げながら、オーガ五体に突っ込んだ。基本的に二人が攻撃して痛めつけた後で、後方の冒険者が止めを刺すというスタイルだ。

すっかり息が合った二人が突破口を開いて、要塞の階段を駆け上がる。

「クッ！　なんだこの数は！」

「二十体以上はいますよ！」

大広間で待ち構えていたオーガ達が一斉に襲いかかってきた。容赦ないなぁ。仕方ない、ここは私も奮起しよう。

「フィンガーボール」

合計十本の指から放たれたファイアボールがオーガ達を焼き尽くす。

圧倒的に優位だと思っていた残りのオーガ達がうろたえて、足が止まった。

といっても残りはまだ十体以上、もう一発かます必要があるかもしれない。

ところがオーガ達は一向に動かなかった。

「様子が変だな？　リンネに圧倒されたか？」

アレイクスさんの言う通りかもしれないけど、奥から一際大きな個体がやって来た。

両手に巨大棍棒を持ったまま、その表情は怒気に満ちている。そいつが片手を振るうと、オーガがまとめて吹っ飛ばされた。

もう一回、片手を振ったところで残りの手下が棍棒を叩きつけられて圧死したような惨状になる。片手で五体ずつ手下を薙ぎ払えるあの腕力、間違いない。

「こ、こいつがオーガキングか！」

「アレイクスさん！　あまり迂闊に踏み込まないように距離をとりましょう！」

アレイクスさんがバックステップで距離をとり、槍のリーチが長いディオルさんが牽制する。

オーガキングは二人を見定めるかのように視線を這わせた後、一気に距離を詰めた。ディオルさんが対応できず、棍棒の一撃を受けてしまう。

「ぐあぁぁぁッ！」

「ディオル！　おのれぇぇぇ！　プロミネンススラッシュッ！」

アレイクスさんの剣がまるで火口から噴出した溶岩のような炎をまとう。

オーガキングは一撃をくらって怯むも、ギロリとアレイクスさんを睨みつける。

なかなか硬い。あのオーガキングの体には無数の切り傷がある。その時点で、歴戦の個体かもしれない。

オーガキングが振り下ろした棍棒を受けきれず、アレイクスさんが壁際に激突した。【見切り】でも回避できないほど、オーガキングの攻撃は速くて重い。

「ぐはッ……！」

オーガキングがアレイクスさんに止めを刺そうと近づく。これまでか。相手は一級、しょうがない。私がやるしかないか。

オーガキングがまさにアレイクスさんに再び棍棒を振り下ろそうとしている。ここは私が――。あれ？

「ウガ？」

オーガキングはすぐ異変に気づいた。片手の棍棒が消えてなくなっているからだ。

その片手を確認した時、もう片方の手に持っていた棍棒もなくなる。

「ウガッ⁉　ガッ！」

「ぬ、盗んでやったんだから……」

エルンちゃんがあの特大武器を抱えて持っている。と思ったら、ふらふらになって耐えかねて落とした。

ホントに？　なんであの大人でさえ持つのがやっとの武器を？

これがスキルの可能性？　どうなの？　ていうか私、また気づけなかった？

「オ、オーガの動きをよく見て、覚えた……。アレイクス兄様もディオルさんも……皆、お互いを信じて一生懸命に戦ったから……私だって……！」

「……よく言えました。エルンちゃん」

尻餅をついたエルンちゃんの頭を撫でる。

私もいいものを見せてもらった。もう十分だ。皆、よく戦ったよ。アレイクスさんもディオルさん達、冒険者を認めた。

ディオルさん達もアレイクスさんの実力を認めた上で、ここまできた。

私は怒りで震えるオーガキングの前に立った。血管が浮き出るほどご立腹だ。

「ググ、ガァァァ……！」

「力自慢なんでしょ？　私を叩き潰してごらん」

「ウガァァァァッ！」

武器を失ったオーガキングの拳が私に放たれる。私の小さな手がオーガキングの巨大な握り拳を止めた。

「ウガッ……ウガガッ⁉」

「これじゃ永遠の魔宮一層のエビルゴブリン一匹にも勝てないよ。一級でこの程度かぁ……」

私は永遠の魔宮の外にいる魔物の強さを、今一度確かめたかった。実はこのオーガキングが初めて出会う一級の魔物だったから。

アカラムの町に着く前に倒した恐竜のネームドモンスターでも二級だというからまぁこんなものかな、と。

「ウガ……」

「怯えてるの？」

「ウ、ウガァァァッ！」

オーガキングが破れかぶれの拳の連打を私に浴びせてくる。魔力で身体強化しているとはいえ、痛くも痒くもない。わかった。もういい。

「そーれっ！」

身体強化込みのパンチを放つと、オーガキングの腹に風穴が空いた。

更にオーガキングが吹っ飛んでいった先の壁が破壊されて、オーガキングの巨体が要塞から落ちて地面に激突した。

その衝撃が要塞の全域に伝わったのか、残っているオーガが各所で吠えている。ここで逃がせば元も子もない。

「後は任せて」

残ったオーガ達に逃げられないよう、私はすべて討伐することにした。

片手を掲げて魔力を一点集中。小規模の太陽みたいな巨大な火球から無数の火球が散る。

「サン・バースト」

魔力感知したオーガ達に向けて、要塞中に火球が飛び散った。

火球は流星のごとく曲線を描き、それぞれオーガを追跡して消失させていく。

「ひ、光が散る！」

「まるで太陽がそこにあるかのようだ……！」

アレイクスさん達は呆然として、小さな太陽の仕事を見守っていた。

要塞の各所からオーガ達の悲鳴が聞こえてくるけど、一体たりとも逃げられない。

それもやがて途絶えると太陽も役割を終えてしぼんでいく。同時にオーガの魔力反応が完全に消えた。

「さてと、次はこの要塞を破壊しましょう。放っておくと魔物の住処になりますからね」

「こ、これが、魔道士……」

これが魔道士なんです、アレイクスさん。

少しでも知ってもらえると嬉しいけど、私はメイアー様に遠く及ばない。いつかあの人に認めてもらえるよう精進あるのみだ。

6章　ウインダーゼル家を蝕む影

1話　クラウサーの秘密

オーガキング討伐から数日後、アレイクスさん達の功績は冒険者ギルドで大きく話題になった。実はこの依頼、ウインダーゼル家に任せる予定の案件だったと聞かされて驚く。

だけど一向にウインダーゼル家からの返答がなく、ギルドのほうでも対応に困っていたそうだ。

確かにあの規模のオーガ達は冒険者だけに任せるのは荷が重すぎる。しかもオーガはゴブリンほどじゃないにしろ、魔物の中でも繁殖力が高いほうだ。

あのまま山を丸ごと要塞にされていたら、こんな小さな領地のことだ。丸ごと乗っとられてもおかしくない。

過去の歴史では小国くらいなら滅ぼした実績がある魔物の群れなだけに、今回の働きは英雄クラスといってもよかった。

「アレイクスさん。近頃、ギガントワームが繁殖しているようです」

「確か野山を腐らせる魔物だったか。放置しておけんな」

アレイクスさんはディオルさんと意気投合して冒険者活動に勤しんでいる。領主になろうとしていたことなんて、すっかり忘れているように見えた。

しかも、もはや冒険者パーティというよりは自警団のようになっている。アレイクスさん持ち前のリーダシップが功を奏したのかもしれない。

そして変わったのはアレイクスさんだけじゃなく、エルンちゃんもだ。あの子はアレイクスさんと行動を共にしている。魔物相手じゃ盗めるものなんてあまりないけど、自分に何かできることはないかと探しているみたい。

そして仕事から帰ってきては町の酒場で盛り上がっている。日が落ちた一日の終わりには、アレイクスさんが冒険者達を引き連れて成果について語り合っていた。

私はというと、この酒場で出されるゴブリンチーズの虜になったから、ここ最近は通い詰めている。

名前とは裏腹に、癖の強い香りを放ちつつもチーズは柔らかくて口当たりがいい。これと一緒に飲む果実ドリンクがまた格別だ。

そんな感じだからアレイクスさん達とバッタリ会うなんて珍しくなかった。

「かぁーーーっ！　うまい！　もう一杯！」

「そんなに気に入ったのか？」

「アレイクスさん。ご機嫌うるわしゅう」

「いや、意味がわからないんだが……。リンネはずっとこの町に滞在するのか？」

「そういうわけじゃないんですけど、この町って食べ物がおいしくて……」

呆れられるのも無理はない。どうも私は食べ物に釣られることが多いみたいだ。

ダークネスコーヒーパフェ祭り、この町は物がないとは言うけど酪農や野菜、果物作りなどの農業がそこそこ発展している。だから農家の直営店がそこら中にあるし、料理店で出される食材も新鮮なものが多い。

ここに比べたら、前に訪れた町はひどかったなぁ。そこそこ栄えているくせに料理はぶつ切りの肉が入ったスープに水で薄めたミルク。

流通がないというわけでもなく、ただひたすら食に興味がない人達の町だった。あれも一つの文化と思えば、そうなんだろうけど。


隣の席でアレイクスさん達の元へお酒が届いて、酒盛りが始まった。

エルンちゃんは肩身が狭そうだ。そりゃそうだよね。私も親戚の人達が集まってお酒で盛り上がった時が一番退屈だったからね。

「エルンちゃん。最近、楽しそうだね」

「はい、おかげ様で……。私もようやく自分と向き合えるようになりました」

「エルンちゃんは若いんだから、今はうんと楽しんでおくといいよ。お家のことはわからないけどさ」

そう言って私はエルンちゃんにトロルメロンジュースを奢ってあげた。名前のせいで露骨に嫌そうな顔をしたエルンちゃんだけど、一口飲むと絶賛。

お父さんが治めている領地で収穫した作物からできていると知って感心していた。それからカップを持ったまま、何か考え込んでいる様子だ。

「お父様……。どうして」

エルンちゃんが何か言いかけた時、酒場の扉が勢いよく開く。

入ってきたのは七三分けにして綺麗に整った髪型をした青年だ。腰の鞘に剣が収まっていて、髪の色はアレイクスさんと同じ金髪だった。

「アレイクス兄さん。最近、帰らないと思ったらこんなところにいたのか」

「クラウサー……」

あの人がクラウサー、次期領主に指名されたアレイクスさんの弟か。さすがに領主の息子の登場とあって、酒場内は緊迫した雰囲気に包まれた。

「最近、妙な噂を耳にしてね。僕に決闘で負けてふてくされた兄さんが冒険者をやっているという話なんだがね」

「父さんに代わって領主の務めを果たしているのだろう？　今更、私に何の用がある？」

「僕だって本来は兄さんがどうしようが構わないさ。だけどあなたは仮にもウインダーゼル家の長男、さすがに自重してもらいたいな」

「私がこうして冒険者をやっているのが不満か？」

クラウサーがバカにしたようにフッと笑った。アレイクスさんは冷静になるよう努めているけど、かすかに歯ぎしりをしている。

あのクラウサー、なんだか妙な様子だ。どこか作り物めいているというか。でも間違いなく普通の人間だし、引っかかるなぁ。

「ウインダーゼル家の長男に冒険者をやられたら家の名に傷がつく。兄さん、今すぐ屋敷に帰ってこい」

「断る。お前はお前で領主として構えていればいい。私はやりたいことを見つけたのだ」

「逃げているだけだろう？　大したスキルもない僕に負けたからって情けない限りだよ」

「なんだと……！」

さすがのアレイクスさんもついに立ち上がってクラウサーと睨み合った。

両者に対してエルンちゃんがおろおろしている。家族同士、仲良くしてほしいという気持ちがあるから当然だ。

「やる気になったかい？　外で相手をしてやるよ」

「ちょっと待ってください」

私がついに口を挟んだ。クラウサーとアレイクスさんの間に立つ。クラウサーは私を見るなり、口元を歪めた。

「なんだ、お前は？」

「アレイクスさんの知り合いです。クラウサーさん、アレイクスさんはもう領主の座に拘っていません」

「兄さんもなかなかの面食いだな。そして手も早いと見える」

「そういうのじゃありません。私はリンネ、冒険者です。アレイクスさんとは仕事仲間ですよ」

「どうだか……」

クラウサーの下卑た邪推が見てとれる。

男女を見れば、どうしてそういう想像しかできないかな。普段からそういうことばかり考えているからだよね。やだ、もう。

「兄さん。女に庇ってもらって情けなくならないのか？」

「リンネは関係ない。クラウサー、私はなんと言われようと戻るつもりはないぞ。大体、父さんはどうした？　なんと言っている？」

「父さんは僕に領主の座を譲ると言ったきりだよ」

「あの父さんがそれっきりだと……？」

「どうしても冒険者を続けると言うなら僕にも考えがある」

クラウサーの発言に冒険者達がざわつく。勝ち誇ったような態度のクラウサーがディオルさんの肩に手を乗せた。

「オーガ討伐、お前達が引き受けたんだろ？」

「あ、はい……。そ、それが何か？」

「あれはウインダーゼル家が引き受けるはずだった。ギルドの管理責任も問題だが、のうのうと仕事を横取りした冒険者も同罪だ」

「え!? でも、あれは」

「よって本日より、冒険者ギルドの依頼はすべてウインダーゼル家が引き受ける。お前達の出番はない」

このボンボンやりやがった。おっと、言いすぎ。

オーガ討伐はウインダーゼル家に任せる話があったみたいだけど、正式に依頼を受けたとは聞いていない。

引き受けるかどうかの返答もないまま放置され続けていたと、冒険者ギルドの職員が言っていた。

だから私達に回ってきたんだ。それをこのクラウサーは。クラウサーはディオルさんを威圧するかのように肩から手を離さない。

「こ、困りますって！ 俺達だって生活があるんです！」

「お前達など、どこにでも行けるだろう？　それにこれはウインダーゼル家の力を示す機会でもあるからな」

「でも、そんな……さすがに……」

「という訳だ。これ以上、お前達の相手をしている暇はない。僕も忙しいんでな」

クラウサーは一方的に話を打ち切って酒場から出ていった。

酒場内が一気に意気消沈ムードになる。冒険者だけじゃなく、他のお客さんや酒場のマスターも同じだった。

「あまりに勝手すぎないか？　相手が領主だからって冒険者ギルドが言いなりになるわけないだろ！」

「ディオル。今のクラウサーならどんな手段を使ってくるかわからん」

「アレイクスさん、どういうことですか？」

「クラウサー……。あの男は変わってしまった。ある日を境に……スキルを手に入れた日から、な」

アレイクスさんの話によれば、クラウサーは突然スキルを手に入れたらしい。

そして父親のブラウムさんはクラウサーの言いなりだ。厳格な人と聞いていたのに、これは確かに不自然だと思う。

クラウサーはまるで人が変わったように使用人にも強く当たり散らして、家庭内はメチャクチャらしい。

エルンちゃんはそれに嫌気が差して屋敷を出て行ったと話してくれた。

「クラウサー兄さんは元々、少しきついところがありました。しかし、決して横暴な方ではなかったのに……」

「エルン、私にも責任がある。あの日、クラウサーの決闘を受けて立ったばかりにこうなった。クラウサー、あいつは何かおかしい」

アレイクスさんとエルンちゃんがそう言うなら、そうかもしれない。

私としてもこれ以上、見過ごすわけにはいかなかった。二人が救われても、ウインダーゼル家に根付いている問題を解決しなきゃ意味がない。クラウサーが使っているという謎のスキルのこともあるし、私は決意した。

2話　幻魔

夜、私はウインダーゼル家の屋敷の前に立っていた。

こんな時間だというのに、門番が険しい表情を崩さず立っている。私が近づくと、武器を構えて門の前をふさいだ。この人に罪はないから少しの間だけ眠ってもらう。

「コーマ」

指先を門番に向けると、ぐらりと頭が揺れて昏倒した。

コーマは対象を気絶させる魔法だ。効き目は相手の精神力に左右されるから確実性はない。

門が閉じられているのに門番を配置するとは、なかなかの警備だと思う。その門を飛び越えて敷地内に入ると、暗闇から唸り声が聞こえてくる。

いわゆる番犬かな？　吠えられると面倒だから、コーマでおとなしくしてもらった。よく見るとこれはハンターウルフ達だ。魔物なのに飼いならせることに驚いた。

屋敷を見上げると、一つだけ明かりがついている部屋を確認できた。あそこがクラウサーの部屋かもしれない。

屋敷の扉を開けてエントランスを抜けると、夜遅くまで働いていたと思われる使用人が歩いてきた。

「だ、誰……」

「コーマ」

危ない、危ない。使用人の存在を忘れていた。

二階に上がって長い廊下を進むと、屋敷の外から見えた窓がある部屋の前に辿りつく。

普通にドアをノックすると、クラウサーが訝しむような返事をした。

「誰だ？　兄さんか？」

「こんばんは」

「お、お前はッ！」

部屋に入ると半裸のクラウサーがソファーでくつろいでいた。グラスを傾けて、一人で晩酌を楽しんでいる様子だ。

「昼間、お会いしましたね。冒険者のリンネです」

「どうやってここまで来た！　警備はどうした！」

「眠ってもらってます。それより私はあなたがどうもおかしなことをしていると思うのです」

「何を訳のわからないことを！　おい！　どけ！」

クラウサーが、立てかけてあった剣を手にとる。

その目は血走っていて、どこか虚ろだ。やっぱりね、なんとなく見えてきた。

私がなんで強引にここまで来たか？　それはこうでもしないといけない相手だからだ。

「兄さんがお前に泣きついたのか？　だとしたら本当に情けないな！　貴族の風上にも置けない！」

「情けないのはあなたですよ。一体、何の力をもらってるんです？」

「な、なんだと⁉」

「正確には、誰から？　と聞いたほうがいいかもしれませんね」

クラウサーが私を睨みつけながら距離を詰めてきた。

どこか獣のような獰猛(どうもう)さがあるし、やっぱり普通じゃないな。いや、不法侵入している私が言えた口じゃないか。

「今ならまだ間に合う。降伏して手を上げて、壁のほうを向け」

「嫌です。こんなことして、お父さんは許してるんですか？」

「父さんはすべて僕に任せると言った！　お前、こんなことをして無事で済むと思うなよ……！」

クラウサーがゆらりとぶれたと思ったら刃が私をかすめた。一応、カウンターバーストはオフにしてある。

そして私の目の前にはクラウサーが二人いた。

「ほう、兄さんと違って反応がいい」

「それがあなたが貰った力ですか？」

「スキル【幻体】、実体ではないが実体と同じ性質を持つ分身を作り出すスキルだ。これで兄さんの炎剣技なんて怖くなくなった」

「なかなかのスキルですね。でもそんな貰った力で勝って嬉しいんですか？」

「さっきから無礼な奴だ……！」

クラウサーが青筋を立てた。図星を突かれた証拠だ。

この人は間違いなくスキルを誰かから与えられた。いや、正確には使わされていると言ったほうがいいかな。

クラウサーが歯茎を剥き出しにして、口が割けんばかりに開いている。完全に人間の形相じゃない。

「ならばこれでどうだッ！」

幻体が更に増えて、部屋中から複数のクラウサーが襲ってきた。

魔力での身体強化のおかげで回避できるけどこの幻体、出したり消したり自由だ。言ってみれば私の背後や側面、縦横無尽に瞬間移動できるようなもの。

アレイクスさんはこの幻体に翻弄されて敗北したに違いない。しばらく回避し続けると、クラウサーが攻撃の手を止めた。

「とてつもない動きをする。一体お前は何者だ？」

「私は魔道士のリンネ。こう自己紹介すれば、あなたの債権者は理解できると思うよ」

「債権者だと？」

「あなたにそのスキルを与えた存在のことだね」

クラウサーから黒いオーラが立ち昇って、それがかすかに実体化した。

悪魔のような風貌で、顔は山羊(やぎ)に似たお面をつけているかのようだ。どこかの部族のようにも見えるそいつがクカカカと笑う。

「人間の魔道士にしては勘がいい」

「あなた、幻魔でしょ」

幻魔。魔界という、ここことは違う世界に住んでいる上位存在。

上位存在とは、人間よりも位が上とされている生物のことだ。いわゆる神様だとか、あの辺と同じように崇められることが多い。

メイアー様によれば、中には何度も人間の世界に干渉して危機をもたらしている存在もいるという。

人はそれを神と崇めて、時には生贄(いけにえ)を捧げて災厄をやり過ごそうとした。また時には英雄と呼ばれる人間が立ち向かった。

時には封印されて、時には元の世界に追放された。そして時には人間が滅ぼされた。いわゆるおとぎ話に出てくるような伝承の存在。その一つが幻魔だ。私の解釈ではRPGでラスボスになるポテンシャルがあるような感じかな。

「いかにも！　ワレはシャウワティル！　人間はワレを幻神と呼んで畏(おそ)れた！」

「やっぱりね……。でもクラウサーが召喚術を使えるとは思えないんだけどね」

「だが、この男はワレを呼び出した！　そして願った！　力がほしいとな！」

召喚術。メイアー様に固く禁じられていた魔法の一つだ。

これはピンからキリで中には比較的、誰にでも手を出せる方法もあるらしい。だからこそ、時としてこういうことになる。

素人が偶然に偶然を重ねて成功させてしまい、とんでもないものを呼び出す事件が過去に何度も起こったらしい。

クラウサーに魔法の才能があるとは思えない。だから今回の召喚術の成功は本当に偶然だ。アレイクスさんに決闘で負けて悔しくて、なんとか調べたんだと思う。だとすれば、まだまだこの世界には魔法に関する書物がある証拠にもなる。ウインダーゼル家はそれなりに歴史がある家系みたいだし、古い書物が残っていても不思議じゃない。

なんだかほんの少し安心した。まだこの世界から魔法が完全に消えたわけじゃない。

「クラウサーさん。聞こえている？　あなたはそれでいいの？」

「何の問題がある？　僕はこいつを完全に使役している」

「いや、できてないからね。もうあなた、半分以上乗っとられてるからね」

「バカを言うな！　僕は力を手にした！　手にする資格があったんだよ！」

これは半分以上、幻魔に言わされているセリフだ。

元々そういう願望があったところを幻魔の影響で増幅されている。幻魔がそういう能力を持っているわけじゃない。

それだけ幻魔という存在が大きすぎて、並みの人間だと精神に悪い影響を受けてしまう。

これがクラウサーがおかしくなった原因だ。それに伴って、たぶん家族にも悪影響を与えていた。

アレイクスさんは焦りの感情を後押しされて、お父さんもきっと普通じゃない状態だ。

幸いエルンちゃんは危機を感じて屋敷から逃げ出したから、あまり影響を受けなかったといったところかな？

「そのスキルだって与えられたものだよ。あなたの力じゃない」

「だからぁ！　僕がぁ！　使いこなしてるっつってんだろ！　過程がそんなに重要かよ！　これだから凡人はさぁ！」

「はぁ……。今は幻魔のせいでおかしくなってるけど、元はと言えばあなたの心の弱さが招いたこと。と言っても通じないか」

「おい、シャウワティル！　あの生意気な女を殺せ！」

シャウワティルがクラウサーから離れるようにして、私の前で揺らめいている。

どうだ、言うことを聞いただろと言わんばかりのクラウサーのドヤ顔がちょっと腹立つ。

まぁすぐに思い知るんだけどね。

「魔道士か、なつかしい……。何度、いや。どれだけ葬り去ったか、数えておらん」

「じゃあ、逆に葬り去られるのは初めて？」

「今後もその機会はないなッ！」

シャウワティルが指を伸ばして刺殺を試みた。かわしたところで、今度は私の背後に幻体が現れる。

「幻光殺ッ！」

それぞれのシャウワティルが部屋中に光線を放った。

魔法障壁で防いだけど、光の速さそのものだ。反応して回避するのは不可能に近い。

そして、それはもちろん宿主であるクラウサーも巻き込んでいる。偶然当たらなかっただけで、尻餅をついたクラウサーは震えていた。

つまりシャウワティルがクラウサーを巻き込んで攻撃したことを意味している。

「ひ、ひっ……シャウワティル！　僕を殺す気か！」

「クカカカッ！　悪運の強い人間は好きだ！　いずれ尽きるところが格別でな！」

「お、お前、僕を……」

ようやくクラウサーが事態を認識した。シャウワティルはクラウサーが使役できるような存在じゃない。

その昔は召喚術であらゆる存在を呼び出して契約してから従魔として従えていた魔道士もいたらしいけど、メイアー様はお勧めしなかった。

召喚された存在に騙されて不当な契約を結ばされる魔道士もいるらしくて、私には召喚術の類を使うことを禁止していたんだ。

「これでわかったでしょ、クラウサーさん」

「た、助けてくれっ！」

「はいはい」

　クラウサーが這いつくばりながら私のところへやって来る。その様子をシャウワティルが面白そうに眺めていた。

「女、お前程度に何ができる？　ワレが見た魔道士の中でもお前は凡もいいところ、人の歴史に名を刻むことすらできん」

「そうだね。まだまだ未熟なのは自覚しているよ。じゃあ、私のターンね」

　私はシャウワティルの周囲にフレアの火球を生成した。局所的な爆破を起こしてシャウワティルを巻き込む。だけどシャウワティルには一切ダメージがない。

「クカッ……クカカカッ！　やはりこの程度！　お前ではワレに傷一つ負わせることはできん！」

「やっぱりなぁ……」

「お前も数多(あまた)の魔道士と変わらぬ！　ワレに何一つ抵抗できずに散る！　最後には首をたれて絶望するのだ！」

「はぁ……」

　会話内容から察してはいたけど、私の予想を超えない相手だった。

　上位存在が人間の魔道士相手にマウントして粋がり、少し劣勢の素振りを見せたらこれだ。

　いや、まぁ私も実物の幻魔とは初めて戦うから断定はできないけどね。

さてと、この幻魔。攻撃に物理的な破壊力はない。攻撃対象と定めた相手のみ殺すことができる。だから室内の壁なんかは無傷だ。

「言葉もないか……無理もない。お前とワレでは格が違う」

「せいぜい永遠の魔宮三層程度かぁ」

「なんだと……?」

「あなたは実体がないから通常の魔法じゃ倒せないんだよね。だから少しコツがいるって学んでる。こうすればいい」

「ヌッ！」

シャウワティルが光の球に隔離された。

「こ、この魔法は⁉　それに、そ、その魔力……！」

「ごめんね。普段は敵に警戒されないように魔力を抑えていたんだ」

「あ、あ、ありえん！　人間、の、魔力ではない！」

少しだけ魔力を解放したらこれだよ。やっぱりこの幻魔の強さは三層がいいところかな。

光属性と聖属性を融合させたシャイニングスフィアはある種の結界とも言える。この二つの属性は実体がない相手に有効な属性だ。

「バ、バカな！　出られぬ！」

「光はすべてを照らして映し出す。形あるものだけを、ね」

「まさか……！」

シャイングスフィアが強く発光してシャウワティルが見えなくなる。

フレアが小さい太陽のようなものだとすれば、シャイニングスフィアは光の球そのものだ。

「ギャアァァァ！　や、やめろ！」

「虚像を照らす光はないよ。潔く消えて」

「こ、このワレが、こうも簡単に……！　お前、何者ダ……おのれ、こんな、魔道士ガァァァーーー！」

「さようなら」

シャイニングスフィアがパッと消えると、そこにシャウワティルはいない。誤魔化しや幻なんて光属性魔法の前には無意味だ。

私の場合はアレンジして聖属性も少し混ぜているから、ゴーストにも有効だったりする。

静かになった室内には腰を抜かしたクラウサーがいた。

「ぼ、僕は、一体、何を……」

「あの幻魔がいなくなったおかげで正気を取り戻せましたね。気分はどうですか？」

クラウサーは目が覚めたかのように室内を見渡している。

完全に意識を失っていたわけじゃなく、夢を見ていた感覚に近いんじゃないかな。だからこれまでの記憶はしっかりあるだろうし、これから少しきつい心情になるかもしれない。

3話　ウインダーゼル家のこれから

クラウサーに憑依していたシャウワティルを討伐してから一夜。アレイクスさんとエルンちゃんを呼んで、私は家族の前で顛末をすべて話した。

屋敷にいるのはアレイクスさん、エルンちゃん、クラウサー。そしてお父さんのブラウムさん。

お父さんにしてみたら、寝て起きたら知らない女が訳のわからないことを言っている状況だ。そんなもの信じられるかと怒られるかと思ったけど、意外と冷静に話を聞いてくれた。

冷静になったクラウサーとアレイクスさんの存在が大きいかもしれない。何せクラウサーがすべて正直に話してくれたおかげだ。

そして話し終えても、アレイクスさんは表情一つ変えない。エルンちゃんは口元を手で覆って信じられないといった素振りだった。

お父さんのブラウムさんの顔は怒りに満ちていて、穏やかじゃない。

ブラウムさんもシャウワティルの影響で、ずっとクラウサーを持ち上げてアレイクスさんに厳しく接したようだ。

いかに領主の座に相応しくないか、弟に敗北して情けなくないのか。最初の決闘の時から手の平を返したような態度だったみたい。

屋敷の応接室にて、ブラウムさんを前にしてもクラウサーは顔を上げなかった。

「クラウサー。ワシの目を見ろ」

ブラウムさんに何を言われてもクラウサーは答えない。ブラウムさんが耐えかねて、クラウサーの胸倉を掴んで立たせた。

「貴様……！　こともあろうか、悪魔なんぞに頼りおってッ！」

「ぐぅッ！」

ブラウムさんがクラウサーを殴り飛ばした。クラウサーはそれでも身じろぎせず、されるがままだ。

ブラウムさんが呼吸を荒げてクラウサーを見下ろしている。そこへアレイクスさんがクラウサーの隣に立った。

「父さん。私もどうかしていた。このたびは本当に申し訳ない」

「よくわかっているではないか。覚悟はいいな？」

「あぁ……」

ブラウムさんは続けてアレイクスさんを殴り飛ばした。アレイクスさんとクラウサー、殴られたまま二人は揃って壁を背にして立っている。

ブラウムさんは握り拳を解いて、ソファーに座った。

「……ワシにも責任があるのはわかっている。こうして冷静になってよくわかった」

「お、お父さん。わ、私も、ご、ごめんなさい……」

「エルン、お前は何も悪くない。今までつらく当たって悪かった」

「お父さん……？」

ブラウムさんがエルンちゃんの頭を撫でた。冷静になったブラウムさんは確かに正気に見える。

シャウワティルのせいとはいえ、この人も自分を許せなかったのかもしれない。呼吸を整えた後、ブラウムさんがクラウサーを見据えた。

「クラウサー、お前にはアレイクスの補佐をしてもらうつもりだった」

「え……？」

クラウサーが初めて声を上げてブラウムさんの目を見た。これは意外な展開だ。アレイクスさんもまさかといった表情だった。

「以前、夕食の席にてアレイクスに領主を任せると言ったな。その時に話すつもりだったのだ」

「だ、だけどなんで僕が補佐に？」

「ワシはお前を認めていないわけではない。アレイクスとお前、どちらに譲るか本当に悩んだのだ。その上でワシは己を律してお前達に厳しく告げるつもりだった」

「僕よりもアレイクス兄さんのスキルが優れているから、か？」

「そうだ。しかしそれが惨事を招いてしまった」

ものの言い方、伝え方ということか。誤解を招いてしまって、一度でもこじれると解くのは難しい。

特に強さこそが領主という価値観が根付いたウインダーゼル家なら尚更だ。

ブラウムさんは二人を殴ったけど、自分の怒りはそれで収めたように思えた。今は二人への謝罪の気持ちの表れが見てとれる。

「正直に告げることがお前達に対する礼儀だと思った。アレイクス、お前は類まれなるスキルを持つ。クラウサー、お前は悲観せずに努力を惜しまなかった」

「そんな……今になってそんなことを……」

「クラウサー。お前であれば、立派に兄のアレイクスを支えられると思ったのだ。しかしそれがお前のプライドを傷つけることになってしまった」

「父さんが僕の実力を……」

クラウサーの目が潤んでいる気がした。クラウサーは領主になることよりも、実はお父さんに認めてもらうほうが重要だったのかな？

「父さん。領主は引き続きクラウサーが適任だと思う」

「アレイクス……」

アレイクスさんがクラウサーの肩に手を置いて、ブラウムさんに頭を下げた。これにはクラウサーが面食らっている様子だ。

「冒険者として活動していた時、この町の警備態勢や冒険者事情がよくわかった。ウインダーゼル家だけが突出しているわけではないとね」

「アレイクス、どういうことだ？」

「この町にはまだまだ優秀な人間がたくさんいる。しかし彼らは冒険者、いつどこへ流れてしまうかわからない。そんな彼らがいなければ、いつかこの領地は滅ぼされてしまうだろう」

アレイクスさんは冒険者として見て感じたことをすべて話した。

ウインダーゼル周辺にはオーガみたいな危険な魔物が多いこと。もし何かあれば、ウインダーゼル家だけが武力に優れていても防ぎきれないこと。

加えてディオルさんを始めとした冒険者達は優秀であり、あの人達には冒険者家業ではなく町の警備に協力してほしいこと。

つまりウインダーゼル家はまだまだ地盤を固める必要がある。互いに結束を固めればこの領地が守られて、惹かれた人達がこの地に根付いてくれる。

そのために、アレイクスさんは自分がリーダーとなって警備隊を結成すべきだと言う。

「私はおそらく現場のほうが性に合ってるのでしょう。ディオル達のような信頼できる仲間を持ってそう感じました」

「アレイクス、その発言に他意はないな？」

「はい。それにクラウサーは私と違ってよく勉強する。今回は色々と間違いを犯しましたが、領主として必要な知識をこれからも積極的に学んでいくでしょう」

「だ、そうだ。クラウサー、どうだ？」

クラウサーは顔をこちらに向けなかった。肩を震わせて答えない。

「クラウサー？　どうかしたのか？」

「い、いや……。ぼ、僕は、アレイクス兄さんに、謝るべきだと……」

アレイクスさんはクラウサーを認めていた。

だけど次期領主の座に固執して、対抗意識のあまりいらないことまで言ってしまったんだろうな。今のアレイクスさんは冒険者生活を通じて、前よりも視野が広くなっている。それにあのシャウワティルはもういない。今は誰もが冷静に判断できるはずだ。

クラウサーがふらふらとアレイクスさんの前に行く。

「アレイクス兄さん、すまない……」

「領主の座に対して躍起になり、お前をないがしろにしたのは事実だ。こちらこそ、すまなかった」

二人が互いに謝罪すると、ブラウムさんが深く頷く。

エルンちゃんが二人をきょろきょろと交互に見るとニコリと笑った。板挟みになって苦労していたのはこの子なのに、結果良ければすべて良し、か。

「あの、お父さん」

「なんだ、エルン」

「わ、私ね……。やりたいことを見つけたの」

「ほう？」

エルンちゃんがものすごく言いにくそうにモジモジしている。深呼吸するほど緊張している様子だ。

「私もアレイクス兄さんのお手伝いをしたい。と言っても戦いはできないから、スキルを活かしてみたいの」

「お前のスキルを？」

「お父さん、私のスキル嫌いだよね？　でもね……オーガ討伐の時に私、これだって思った。悪い人から盗めばいいいって思ったの」

「悪人からだと……」

エルンちゃんの突拍子もない発言にブラウムさんが固まった。この人の中には盗むのは罪人という固定観念があるだろうから、払拭するのは難しいかもしれない。

ブラウムさんが考え込んでいるところにアレイクスさんが助け船を出した。

「父さん、エルンのスキルは必ず役立ちます。盗んだ人間のものを盗めば、善良な人間が助かる。私としても、エルンを我が警備隊に配属したいと思っています」

「そうか……。いつまでも古い慣習に囚われた私が今回の事件を引き起こしたようなものだ。好きにしなさい」

父親の了承を得られたところで、エルンちゃんは大はしゃぎだ。これからウインダーゼルは変わるんだろうか？　小さな領地だけど、一人ずつ個性を活かして団結すればいつかは大きな領地になる。

この日は私へのお礼も兼ねてということで、夕食に招待された。小さいとはいえ、領主の家だ。なかなかのご馳走が目白押しだった。

これだけでも今回の事件を解決しただけはある。これならやっぱり積極的に人助けをやったほうがいいかな？

4話　小さい領地の未来

ウインダーゼル家の問題が解決してから、割と時間が経ったように思う。

あれからすぐに旅立とうとしたのだけど、ダークネスコーヒーパフェとゴブリンチーズの味に未練があった。週七で通い詰めたおかげで無事、顔を覚えられてしまう。

私の顔を見るなり、ダークネスコーヒーパフェだねなんて予知されるくらいには常連と化していた。

そんな私だけど、別にお金持ちというわけじゃない。資金調達のために討伐依頼でも何でも引き受けようとしたけど、すでに先取りされていることが多かった。

ウインダーゼル家のアレイクスさんが結成した自警部隊は冒険者ギルドと連携して迅速に魔物討伐を進めている。

おかげで私には大したことない魔物の討伐依頼しか回ってこなかった。仮にも三級なのにこの仕打ちです。

でも魔物討伐が進んでいるということは、ウインダーゼル領の平和が保たれている証でもある。

これはつまり道中、魔物のせいでウインダーゼル領に辿りつけなかった人達も減るということ。最近は町への訪問者がにわかに増えてきて、少しだけ賑わったように思える。でも人が増えれば当然、よくないことも起きるわけで。

「これ、あなたが民家から盗んだ指輪ですね?」

「ハッ!?　い、いつの間に!」

「私は正義の怪盗エルン!　悪党は見過ごしません!」

「はぁ!?」

町の中の秩序はというと、窃盗事件があれば数日以内に窃盗犯が逆に盗んだものを奪われている状態だった。

エルンちゃんが盗むスキルに磨きをかけているおかげで、窃盗犯の仕事はかなりやりにくそうだ。その後に自警部隊が窃盗犯をとり押さえてめでたしめでたしとなる。

捕まえてから盗品を押さえたほうがいいんじゃないかな、と思う。だけど窃盗犯の中にはさっさとどこかへ隠したり売ったりしてしまうのもいるから、早いうちがいいらしい。おかげで被害者の元に盗品が返ってくるケースが爆増した。

巷では正義の怪盗少女エルンと崇められて、ちょっとした町のアイドルになりつつある。

そんな彼女が所属する自警部隊への入隊希望者が殺到しているみたいだけど、もちろんファンクラブじゃない。

女の子目当てで入ってきた軟弱な男達は厳しいエルンの兄と副隊長ディオルさん達に徹底してしごかれる。結果、ほとんどの人達が耐えかねて逃げ出すハニートラップみたいな様相を見せていた。

だけどまともな人達も当然いる。当初はアレイクスさんとディオルさん達、他冒険者で構成された数名だけの自警部隊も今は数十人という規模だ。

アレイクスさん達の精力的な活動に感銘を受けた腕利き達が入隊希望者としてやって来る。見事にいかつい面々が揃った筋肉部隊みたいになっていて、なかなかの迫力だ。

「いいか、お前達！　もっとも必要なのは仲間への信頼だ！　私はお前達を信頼する！　お前達も私を信頼しろ！」

「はいッ！」

「真の強さとは心に宿る！　心の炎を燃やせ！　熱き魂を解放しろ！」

「はいッ！」

「そして！　エルンに近づいた奴は身を焦がす！」

「はいッ！」

連日、自警部隊の隊舎からアレイクスさんによる激励が聞こえてくる。ちょっとシスコンが入ってる気がしないでもない。

すっかり私が苦手な体育会系に染まったようで距離を置きたいんだけど、私がお呼ばれされる事態だ。

実力者を募っているんだから当然かもしれないけど、入隊へのお誘いは丁重にお断りした。だけどそれがダメなら模擬戦の相手を、と食い下がられて仕方なく引き受けたんだけどね。

「も、もういいかな？」

「つ、強すぎる……」

魔法で生成した炎の剣を振ったら全員をまとめて吹っ飛ばしてしまった。

またやりすぎたと思ったけどそこは体育会系、起き上がって再戦を挑んでくる。

「もう一回ッ！」

「え、ディオルさん。何度やっても無理ですよ」

「聞き捨てならないな！　俺達を舐めてもらっちゃ困る！」

「墓穴掘っちゃった」

何度倒されても雄叫びを上げて挑んでくる様はなかなか迫力があった。

数十回と繰り返して皆、ついに立てなくなったところで私は思う。心を折ってしまったかもしれない、と。

「よし！　いい練習になった！　明日もこの調子でいくぞ！」

「え？　ア、アレイクスさん。明日もまたやるんですか？」

「当然だろう！　修行に終わりはない！」

「そんなキャラでしたっけ？」

冗談じゃない。数十回、炎の剣を振って倒すだけでも疲れるんだよ？　体力的にというより精神的にね？

倒してもゾンビみたいに起き上がってくるもんだから、威力を上げようかなとか悩むのもきつい。

やりすぎると大怪我を負わせちゃうし、気を使うこっちの身にもなってください。

しかもアレイクスさんとディオルさんはキャラが変わりすぎて、なぜか頭にハチマキまで巻いている。

という訳で、さすがにこんなのに毎日付き合わされるのは勘弁だ。私はウインダーゼルを旅立つことにした。

ダークネスコーヒーパフェ的に名残惜しいけど、いつまでも滞在するわけにはいかない。

ウインダーゼルはこれからどう変わっていくのかな？　すっかり体育会系な町に変貌している可能性もある。

何せ自警部隊は今やウインダーゼルのシンボルになっていて、あの独特のノリを支持する人が多い。

自警部隊は順調みたいだし、ブラウムさんは領主の地位をクラウサーに本格的に譲った。

今は隠居老人みたいにちょっと老け込んだ風貌になっている気がする。そんなブラウムさんは出発の前日、私を屋敷に招待してくれた。

「リンネ、君がいなければ我が家……いや。ウインダーゼルはどうなっていたか。本当にありがとう」

「いえいえ、私は背中を少し押しただけです。後は子ども達の力ですよ」

「これで私もようやくゆっくりできる。このまま老後の楽しみすらなければ、どうしようかと思っていたところだ。ハハハ……」

「あ、それわかります。働きづめの人生なんて嫌ですよね」

なんて妙な話で盛り上がった。それから話題はクラウサー、いや。クラウサーさんのことに移る。

アレイクスさんの評価通り、クラウサーさんはウインダーゼルのために日々勉強しているらしい。当面の目標としては大規模な森林開発を行うとのことだ。それから大きな宿を立てて人を呼べるようにしつつ、医療施設なんかも充実させると張り切っていた。

元領主のブラウムさんはこれで快眠できる日々が続くと皺が目立つ顔で笑う。

そして翌朝、私はウインダーゼルを発った。

＊＊＊

屋敷を出て、町の門を抜けるとそこにあったのは馬車だ。前世でいうバスみたいなもので、お金を払えばこれに乗って次の町へ行ける。歩いてもよかったけど、せっかくだから利用してみることにした。

馬車は細長い構造になっていて、内部にある左右の席にそれぞれ十人くらい乗ることができた。

「お客さんで最後だよ。先に料金を貰おうかね」

「はい。これでいいですか？」

「はいよ。じゃあイルブスタ地方行きの定期馬車、間もなく出発します」

馬車を走らせるおじさんが気だるそうにあくびをしている。他のお客さんはほとんどいなくて、私の他には四人程度だった。

ゴトゴトと動き出した馬車に揺られながら、地図を開く。次の目的地を決めようとしていたら、隣に座っていた年配の乗客が覗いてきた。おじいさんは護衛の冒険者と一緒だ。

「お嬢さん、どこか当てはあるのですかな？」

「え？　いえ、特に決まってないです」

「そうか。私と同じだな。この歳になると、貯め込んだ金で当てもなくブラブラしたくなるものだ」

「そうだったんですか。それは夢がありますね」

おじいさんは昔、商売で大成功を収めて、それを子ども達に継がせたと話した。今は世界各地を旅しているみたいで、まさに悠々自適な老後を楽しんでいる。ブラウムさんもこんな風に幸せな老後を楽しんでほしい。

「次の目的地であるイルブスタ地方の町から更に北に行けばゴーレムバトリングで有名なクレイドルの町がありますな」

「ゴーレムバトリング？」

「ゴーレム製作のスキルを持つ者達が自慢のゴーレムを競わせている大会がある。今やセイクラン王国の名物の一つですな」

「なにそれ！　面白そう！」

おじいさんは色々なことを教えてくれた。

ゴーレム製作のスキルを持つ人達はエルフと呼ばれていて、かつて人より卓越した魔法の使い手だったらしい。エルフがゴーレム製作？　魔法を使わないエルフ？

これを聞いて私はピンときた。当てもなく、とは言うけど私としてはこの世界から魔法が消えた理由を探してみたい。

そのエルフ達に何か手がかりがあるかも、と考えると心が躍った。

「それにしても、すっかり世は変わりましたなぁ。本当に……」

そう言ったと思ったら、おじいさんが寝息を立て始めた。次の町までまだ時間がかかるだろうし、私も眠ろう。その先でまた何が起こるんだろう？　すべては私の心が赴くまま、なんてね。

＊＊＊

「本当に世は変わりましたなぁ」

「えぇ本当に……」

リンネと別れた後、老人は町の酒場で護衛の人物と晩酌をしていた。フードをとったその護衛の人物は美しい真紅の赤髪であり、男女問わず振り返るほどの容姿だ。

老人のグラスに酒を注いで、静かに時間が流れていく。

「レイセル、穏やかではないな」

「なぜそう思うのです？」

「私がグラスを差し出してから、かすかに反応が遅れた。考えごとか？」

「……さすがです」

レイセルと呼ばれた赤髪の少女は老人に図星を言い当てられた。馬車の中でリンネと鉢合わせしてから、彼女は顔を上げられなかったのだ。

一級の魔物にすら恐怖という感情を抱いたことがないレイセルだが、道中は息を殺していた。近くにいる得体の知れない何かに感づかれることがたまらなく怖かったのだ。

「あの少女だろう？」

「はい。あれは怪物です。なぜ、今になってあんなものが……」

「うむ。それとなく会話をしてみたが、少しばかり世間知らずなところが引っかかる」

「ウインダーゼルに変化をもたらしたのは間違いなくあの子です」

自分という存在を悟られるな。自分に興味を持たれるな。自分はその他大勢の乗客の一人であり、ただの付き添い。

レイセルは道中、リンネにそう思い込んでほしいと願っていた。

「お前ほどの者がそこまで怯えるとはな。捨て置くわけにはいかんかもしれん」

「どうされるおつもりですか?」

「それは今後次第だな。あの少女が我らの妨げにならないことを祈ろう」

「もし妨げになるのであれば……?」

老人はグラスに残っている酒を一口、飲む。そして怯えと同時に挑戦的な眼差しが見え隠れするレイセルを見据えた。

「やってくれるか?」

「ご冗談を……」

「やれないわけではない。いや、やらせてほしい。そう見えるがな」

「お見通しというわけですか」

レイセルは確かに怯えていた。彼女は生まれて初めて味わったそれが恐怖という感情だと理解した。震えを止めた今、レイセルの感情は次の段階に至っている。

「まぁ……好奇心ですよ」

「ふぉふぉふぉ……。当面はゆるりと過ごそうぞ。少なくともウインダーゼルに関しては問題あるまい」

「えぇ。大きな変化ではありますが、我々には関係ありません」

老人が晩酌を終えて、少女が山盛りのサラダを平らげる。

酒場のマスターはその異様な二人をさりげなく観察していた。祖父と孫のような関係かなどと推測する。が、マスターが少し目を離した隙に二人は消えていた。

「え？　あれ？　どこいった？」

マスターは困惑するが、カウンターの上にはしっかりと代金が置かれていた。

あとがき

どうも、ラチムです。本作品、いかがでしたか？

今まではＷｅｂ連載作品に書籍化の打診を受けていたのですが、本作品は書き下ろしとなっております。初めての経験なので不安だったのですが、なんとか書き上げることができました。

本作品で初めて異世界転生ものを書きました。主人公が異世界にいって活躍するというのは昔からの王道展開ですが、冴えない主人公という設定はつい最近になって流行りだしたように思えます。

そんな流行りに乗ってみたものの、実際に書き出すと難しい。まず主人公の前世を考えて、異世界へと繋がる展開や設定を考えなければいけない。そこで生まれたのが本作の主人公です。

板倉那奈は家族内では姉と比較されて、会社ではダメ社員扱いされています。ブラック企業務めではないのです。それだけで優秀なのでは、と思った方もいるかもしれません。実は学生時代の成績は決して悪くありませんし、大学も卒業しています。作中でも少し記されていますが、努力をしないわけではないのです。

そんな主人公が社会生活に馴染めずに孤立していく。原因は色々あるかもしれませんが、実は異世界で生きるほうが向いているという結果でした。それはないでしょと思うところですが、これはファンタジー作品です。それが許されるのが物語です。

板倉那奈ことリンネは異世界に来てから、すべてがうまくいきます。恵まれた魔法の才能をもって、異世界を自由に旅します。私は旅に憧れています。すべてのしがらみから解放されて、思いのまま各地を旅する。どこに泊まるか、どこに行くかも気分次第。つまり本作には少しでも現実を忘れて楽しんでほしいという想いが込められています。

読者の方々が少しでも現実を忘れて、旅に魅力を感じていただけたなら嬉しいです。私の作品はバトルものが多いのですが、本作は違います。人々との交流やその土地での出来事、魔法による解決をメインで描写しています。

出会いもあれば、別れもある。いつか出会えると信じて。きっとこれも旅の醍醐味、楽しんでいただけたなら作者として冥利に尽きます。

編集者様、イラストを描いていただいた弥南（みなみ）せいら様、出版に関わっていただいたすべての方々に感謝します。

ラチム

100年引きこもった転生魔女は異世界を自由気ままに旅したい

2023年4月28日　初版第1刷発行

著　者　ラチム

発行人　菊地修一

編集協力　本田奈央

編　集　今林望由

発行所　スターツ出版株式会社

〒104-0031　東京都中央区京橋1-3-1　八重洲口大栄ビル7F

☎出版マーケティンググループ　03-6202-0386
（ご注文等に関するお問い合わせ）

https://starts-pub.jp/

印刷所　大日本印刷株式会社

ISBN　978-4-8137-9227-7　C0093　Printed in Japan

［ラチム先生へのファンレター宛先］
〒104-0031　東京都中央区京橋1-3-1　八重洲口大栄ビル7F
スターツ出版（株）　書籍編集部気付　ラチム先生